新巴黎的最后时光

The Last Days of New Paris

China Miéville

［英］柴纳·米耶维 /著

林南山 /译

The Last Days of New Paris
Copyright © 2016 by CHINA MIEVILLE
This edition arranged with BALLANTINE PUBLISHING,
a division of PANDOM HOUSE PUBLISHING
through BIG APPLE AGENCY,INC.,LABUAN,MALAYSIA
Simplified Chinese edition copyright: © 2020 Chongqing Publishing House Co., Ltd.
All rights reserved.
版贸核渝字（2017）第076号

图书在版编目（CIP）数据

新巴黎的最后时光 /（英）柴纳·米耶维著；林南山译.
—重庆：重庆出版社，2020.7
书名原文：The Last Days of New Paris
ISBN 978-7-229-15031-0

Ⅰ.①新… Ⅱ.①柴… ②林… Ⅲ.①长篇小说—英国—现代 Ⅳ.①I561.45

中国版本图书馆CIP数据核字(2020)第073742号

新巴黎的最后时光
XIN BALI DE ZUIHOU SHIGUANG

[英]柴纳·米耶维 著　　林南山 译

责任编辑：邹　禾　唐　凌　王靓婷　陈　垦
装帧设计：抹茶、recns
责任校对：郑　葱

重庆出版集团 出版
重庆出版社

重庆市南岸区南滨路162号1幢　邮政编码：400061　http://www.cqph.com
重庆出版社艺术设计有限公司 制版
重庆豪森印务有限责任公司 印刷
重庆出版集团图书发行有限责任公司 发行
E-mail:fxchu@cqph.com　邮购电话：023-61520646
全国新华书店经销

开本：890mm×1230mm　1/32　印张：7.25　字数：115千
2020年7月第1版　2020年7月第1次印刷
ISBN 9-787-229-15031-0
定价：48.80元

如有印装问题，请向本集团图书发行有限责任公司调换：023-61520678

版权所有　侵权必究

By China Miéville
柴纳·米耶维

The Last Days of New Paris
新巴黎的最后时光

作者简介

柴纳·米耶维
China Miéville

1972年出生于英格兰，伦敦政经学院国际法学博士。公认的天才小说家，屡次囊获世界各项奇幻界荣誉：轨迹奖、雨果奖、阿瑟·C.克拉克奖、英国奇幻奖、世界奇幻奖等。被评为21世纪重要的奇幻作家，其特有的怪诞写作风格独树一帜。

译者简介

林南山

许舒，笔名林南山，重庆市渝中区图书馆网络信息部主任。翻译过《风港》《迷雾之国》《失落的世界·有毒地带》《安德的礼物》《天下》《玛拉兹英灵录》《火星复古科幻》《纽约大盗》。

献给鲁帕

目 录

第一章……001
第二章……043
第三章……053
第四章……091
第五章……103
第六章……129
第七章……139
第八章……153
第九章……163
后记……193

"人们对超现实主义艺术有各种不同的看法，最可悲的是那些只会问'它讲的什么，有什么意义？'的人，换而言之，干脆觉得'爸爸说它讲什么就讲什么，爸爸说它有什么意义就有什么意义'好了。"

格蕾丝·帕索博
《幻想生活的重要性》

安德烈·布勒东　精致的尸体
杰奎琳·兰芭，伊芙·唐吉（1938年）

PART ONE

第一章

PART ONE

1950年

街灯昏暗，纳粹军队躲在破败的城墙背后开枪射击。

路障后面有一堆从裁缝店里搜刮出来的裸体模特，一丝不挂，像无声地跳着一出静止的大腿舞。透过它们，蒂博看到后面四散的卡其色身影。那是德意志国防军，还有灰色、黑色及蓝色制服的纳粹海军。子弹的火花映照着他们。天堂街上，有什么橡胶制成的东西朝着德军直冲过来，在尸体和废墟中呼啸而过。

是两个骑着双人自行车的女人？看上去挺像的，不过速度太快了。

士兵们不停地重复开枪和上膛的动作，但很快四散而逃，因为他们的猛烈攻击好像一点用都没有，那个巨大的"双人自行车"仍然带着呼啸的机械声肆无忌惮地冲过来。

蒂博这才看清楚只有一个女人骑在车上，另外那个是雕像而已，就在本该是车把手的地方，突兀地支棱着。雕像前

伸着脖子,瞪着眼睛,手臂往后伸展,末端弯曲,看上去像两丛珊瑚。

蒂博艰难地吞了口唾沫,张了张嘴,又重复一次,才大声尖叫出来:"威洛车!"

同事们闻声蜂拥而至,挤在窗户边,竭力望进昏暗的景色中。

骑车的女人并不专业,威洛车在她的身下东扭西歪,辐条车轮唱着一阕吱吱嘎嘎的歌。上帝啊,蒂博在心里惊叹,一个女人居然能驾驭威洛车?那可是超能体。真是不可思议。可事实摆在眼前,女人一只手抓着威洛车的把手,另一只手紧紧握着雕像颈部的皮革圈。

威洛车的速度远胜蒂博见过的所有马车或汽车,它像横冲直撞的恶魔,在楼宇之间扭曲穿行,躲避子弹。很快,它就冲进了纳粹军队和他们设置的裸体模特防线,前轮撞到了地面的路障,那是纳粹军用各种材料——塑料、石头、木头、骨头、砂浆——堆砌而成,堵塞了整条街道。

突然间,它跳了起来,越过士兵们的头顶,在空中画出一道弧线,穿过了第九和第十区无形的边界,跳入了超现实主义的那一侧。威洛车扭动了几下,滑倒一边。女人顿了顿,抬头看向他们藏身的窗户,径直迎上了蒂博的视线。

第一章

他第一个冲出房间，沿着破烂的阶梯跑入了昏暗的街上，心跳如擂鼓。

女骑手倒在鹅卵石地面，威洛车压在她的后背，像是一匹雄赳赳的战马，左右摇摆。

她的眼神几乎和肤色一样苍白，胳膊似乎折了，以一个奇怪的角度环在脖子上，手臂下垂。在风中摇摆。

蒂博端着步枪，他瞥到伊莉丝挑起一枚手榴弹，放在障碍壁垒上，阻止重新集结的德军冲上来。剧烈的爆炸让地面颤抖，但蒂博没有挪动脚步。

威洛车朝前倾斜，双轮重新着地，朝蒂博扑过来，但他仍然一动不动。它那气势汹汹的样子让人害怕，车轮发出嘶吼般的低鸣。不知哪儿来的勇气，蒂博硬撑着螳臂当车，就在他自己都以为快被撞飞的那瞬间，威洛车飞快地倾斜，擦着他的身子狂奔而过，掀起的气流让他的衣服在风中猎猎作响。

车轮呼啸，在特雷维索城的废墟中，威洛车飞速穿行，很快从人们的视线中消失。

蒂博终于长舒了一口气，感觉颤抖的身子总算能动弹了，他走向躺在地上的女骑手。

女人几近垂死，威洛车无视德军的枪弹，但她并非无敌

之躯。十字街的流弹像撕碎破布一样让她伤痕累累，但鲜血似乎有着自己的意志，坚持从她嘴巴这一个出口涌出。女人咳嗽着，试图开口。

"你们看到没？"伊莉丝高叫着。蒂博跪在女人身边，伸手放在她前额上。游击队员们纷纷聚过来。"她骑着威洛车！"伊莉丝说，"你们说这意味着什么？该死的，她怎么能控制那玩意？"

"控制得很糟糕嘛！"维尔日妮说。

女人深色的连衣裙脏污不堪，围巾拖在地上，她紧锁着眉头，一副思虑重重的模样。她跟自己差不多年龄，可能还小点。蒂博想着。女人目光迫切地看着他。

"这是……这是……"她喃喃地说。

"我想这是英语没错。"他静静地回答。

塞德里克走上前，试图为女人祈祷，维尔日妮飞快地把他推开。

垂死挣扎的女人抓住蒂博的手。"这儿，"她低声说，"他来了……沃尔夫……冈。"她挣扎着吐出词句。蒂博的耳朵几乎贴到她嘴上。"格哈德……医师……牧师……"

蒂博突然意识到，女人并没有看着自己，她的目光聚焦在他身后的某处。他忽然感觉浑身一紧，急忙转头。

离他们最近的建筑里，某扇窗户后面，一团漆黑中，某

第一章

种混沌的东西在缓缓展开。比黑暗更黑暗，却有鲜活的轮廓。它蔓延着，触到了窗户的玻璃里。风暴汇聚，屋内屋外，见证着女人的死亡。

人们躲在藏身之处的窗户后面，目睹这一切。女人的手指碰到了蒂博的，蒂博伸手反握住她，但对方需要的似乎并非临终前的关怀。她掰开他的手指，放了件东西在他的掌中。蒂博很快感觉到，那是一张牌。

他回头一看，女人已经死了。

蒂博是忠诚的羽爪盟成员，所以他也搞不懂自己为什么偷偷把那张牌藏起来，没让伙伴们看见。

女人的另一只手按在地面的石板上，食指尖蘸着不知道从何而来的黑色墨水，似乎是这座城市给予她最后的馈赠。在石板上，她写下了生命中最后的几个字：

堕入腐朽。

♟♟♟

几个月后，蒂博蜷缩在巴黎城内的某处门廊，手放在口袋里，攥着那张牌。他在自己的衣服外面裹了一套蓝金色的女式睡衣。

天空在呼啸，飓风战机在追逐两架梅塞施密特式战斗机①，彼此在云层之下穿梭。地面的石板在英军的炮火轰炸下四分五裂，空中的飞机在下坠中碎裂。一架德军飞机突然巧妙老练地回旋，接着炮火闪耀，英国皇家空军就如被燃烧的飓风卷走，如同一只摊开的手掌，仿若空中熊熊燃烧，一团烈火似疾风之吻，急速下坠，把一栋看不见的房子变成了一堆尘土。

另一架梅塞施密特式战斗机转头向塞纳河飞去。屋顶又一次震动起来，这次是来自下方。

巴黎城内，升起了某种物体。

苍白的，长着如乔木般粗大的藤蔓，带着毛茸茸的叶子，凭空而起。它伸出人头大小的芽孢或是蓓蕾，一张开，须臾捏合，仿佛天际线上绽放的花朵。

德军飞行员驾驶着飞机径直撞在绽放的花朵上，仿佛被击晕，或是被迷住。他俯视这株藤蔓，它那毛茸茸的叶片抖动着伸展开来，卷住了飞机，把它拉扯下来，低过了一栋栋楼房，拉到了地面，消失于人们的视野之外。

没有爆炸声，这架破旧的飞机只是静静地消失，进入了城市的深处。

---

① 飓风战机是二战时期英军战斗机，梅塞施密特式战机是二战时期德国使用的战斗机。

第一章

天空中幸存的飞机疯狂地四散分开,蒂博目送它们远去。他慢慢地平复心跳,待到走出来的时候,天空已经空无一物。

二十四岁的蒂博,体格劲瘦而强健,灵活的双眼总在不断地扫视四周:新巴黎人那副焦躁、咬牙切齿和气势汹汹的样子,在他身上都体现得淋漓尽致。他习惯把头发和指甲都剪短,总是摆出一副眯着眼怀疑别人的模样:其实他只是怀疑自己是不是该戴副眼镜。在那套鲜艳的女式睡衣之下,他穿着一身脏兮兮的白衬衫,黑色背带裤和黑色靴子。好几天没有梳洗了,蒂博现在又脏又臭。

那些飞行员真是够莽撞的,巴黎上空现在可不能飞行。

那吞噬掉梅塞施密特式战斗机的植物可不是唯一的飞机杀手,还有比它更可怕的东西。巴黎城的高大烟囱遭受了风暴云似的飞鸟袭击,空中的白骨如飞艇一般。大群长着蝙蝠翅膀的商人和穿着过时外套的女士,无休止地嚷嚷着要保障自己的权益,要求优惠待遇,还用一些不靠谱的食用肉类堵塞了飞机的螺旋桨。蒂博看到单翼的、双翼的甚至三翼几何结构的飞机,还有长着翅膀的球状物体,或是巨大可怖的像纺锤一样的东西,窗户上还挂着长长的黑色窗帘。所有怪诞之物带着死气飞过房屋的顶部,追逐着一架误入此地的德国鹰狮式轰炸机,用一种毫无生气的方式触碰它。

蒂博能叫出大部分超能体的名字,如果它们有名字的话。

在战争之前,他就致力于孵化超能体,虽然很多诋毁者嘲笑说它们毫无用处,纯属无稽之谈。"我不是想哗众取宠!"他这么跟被逗得很开心的母亲咆哮,一边挥舞他买来的一堆未经检查的书刊。那是他从吕埃勒街上某位富有同情心的书商那里买来的,那家伙很善于揣度人心,总能把他有兴趣的书刊留下来。"这是解放,解放!"而在那段日子过去很久以后,蒂博才意识到,那位书商有时候从年轻热情又无知的顾客手里获取微薄的报酬,而还以他的,却是珍贵之物。在蒂博最后一次离开书商的两天后,还收到了他寄来的包裹。

蒂博看着德国人列队进入城市,整齐的队列穿过凯旋门。在蒂博眼里,这景象化为了一张张冷酷的拼贴画,传递着一个危险的信号。

而现在,他走在荒芜的十六街上,离自己的表演场地很远。他扬起步枪,还有女式睡衣上的金色装饰。阳光照得废墟一片苍白,一只猫奇迹般地幸存下来,从燃烧殆尽的德军坦克底下钻出来,寻找藏身的洞穴。

地上满是旧汽车和旧报亭的残骸,杂草在其间疯狂生长,它们似乎最钟爱散落在地面的累累白骨。遍地都有巨大的向日葵,还有一些在爆炸之前没有出现过的植物:产生噪

第一章

声的植物，能移动的植物。情人的花朵，那花瓣像是椭圆的眼睛，又像是悸动的心形，在如蛇一般蠕动的茎秆上交替浮现。它们摆动着，凝视蒂博谨慎地越过它们。

当他到达河边时，瓦砾和绿色植物消失了，天空一片清朗。

蒂博耐心等候着怪物。

天鹅岛的浅滩和泥淖中，螺旋状的贝壳下，手掌状的生物在爬行。格勒纳勒桥下，塞纳河里的鲨鱼在聚集，带出一溜肮脏的泡沫，翻滚、升腾。它们一边静静地注视着蒂博靠近，一边撕咬河里沉浮的马匹尸体。从背鳍上看，每只鲨鱼都是凹背的，跟独木舟的座位一样。蒂博走在鲨鱼聚集的桥上，走到一半，停了下来。他就在众鲨虎视眈眈之下站着，虽然身为战士的直觉让他想找个掩护，但他仍然控制自己站稳了，四下观察。观察这面目全非的城市。

残破、毁灭，一片颓败的迹象。东北方，明亮的天际处，埃菲尔铁塔的轮廓若隐若现，塔楼的尖顶断了，半挂在耶拿桥和凯·布朗利博物馆交会的地方，整齐有序的花园上面，金属铁塔的轮廓只剩一半。没有什么把它羁绊在地上，它那被截断的轮廓悬挂在半空。一群来自巴黎的勇敢鸟儿在支柱的树桩下俯冲嬉戏，在约莫四十层楼高的地方飞舞。断了尖顶的铁塔拉下长长的影子。

羽爪盟的成员在哪儿？还剩下多少人？

回溯到几个月前，威洛车事件之后，蒂博收到了某种可以称之为行动召唤的指示，没有任何人任何事比这个召唤更重要。城市的通信网络捎来了老同志的话语。

"听说你是这里的头儿，"年轻的侦查员说，那口气让蒂博挺不舒服，"你去不？"

那张重若千钧的牌还在他的兜里，有人察觉到它了？难道这就是他收到召唤的原因？

牌上画着古典的苍白女人头像，旋转对称的两个她凝视外界，金色的头发卷成了两只大猫，包裹着她。女人头像下还有一张蓝色的侧脸，闭着眼睛，不知道是不是同一个人。牌的右上角和左下角都画着黑色的钥匙孔。

"我说，"蒂博对送信的人说，"他们找我干什么？我只负责保护第九区。"

片刻之后，他拒绝接受那个戏剧性的转折，简直是可怕的谣言，来自于死去之人——老师们——的点名。

再见了。几个星期以后，他终于想起这个词。而他身上的那件睡衣，在风中撕裂。

♣♣♣

S大爆炸发生的时候，蒂博只有十五岁。

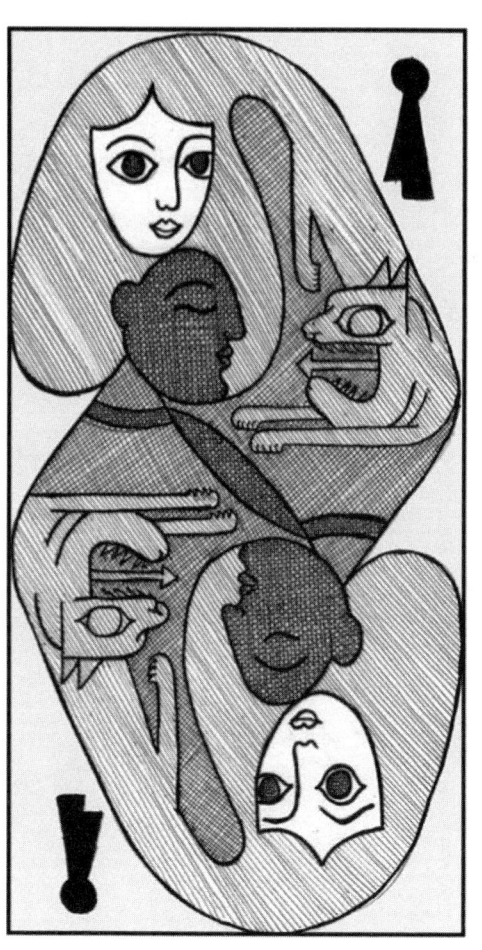

第一章

警报声如遥远的汽笛,在河边,阴影和寂静如波涛般飞驰而去,留下年轻的蒂博喘息不停,拼命眨巴眼睛,以恢复暂时失去的视觉。整座城市依然沉稳地矗立着,但有些东西拔地而起,有些东西喷薄出现。一场噩梦自地底而来,这里曾是全世界最美丽的城市,如今充斥着它自己的怪异显像,地上遍布丑陋的坑洼。

蒂博不是天生的游击队员,但他憎恨侵略者,生存的挣扎让他学会了战斗。作为一名巴黎人,他被卷入了一场世纪灾难;对此,他很快就会震惊地了解到,自己在其中作用如此渺小。

最初的日子里充斥着疯狂、离谱的人物、错乱的白骨、疯狂的攻击。纳粹和反抗军在街头打斗、互相杀害,企图遏制他们不可理解的幻想。在大爆炸过后的第二夜,纳粹国防军吓坏了,试图建立一个安全区。他们驱赶蒂博及他的家人和邻居,把这些人赶进了街上带刺的钢丝围栏里。可怜的人们拖着沉重的脚步,手里拿着能抓到的任何东西,士兵咆哮着辱骂他们,还不时互相争执。突然间,一声恐怖的号叫,在咫尺之间响起。

蒂博立刻意识到这是某种不同寻常的东西发出的声音。

所有人都惊慌失措地尖叫起来,有位纳粹军官被吓得失了魂,挥舞着武器,他失控了,对着聚集的平民开了枪。

有几个士兵试图阻止他再次开枪,而其他人则是疯狂地加入了他的行列。大屠杀开始了,夹杂着持续回响的哀嚎。蒂博还记得自己的父亲是如何倒下,然后是他的母亲,母亲倒在他身上,竭力保护着他。他自己也倒了下来,他记不起来自己的身体是怎么不听使唤地倒下,假装死亡以求生存。他听到了越来越多的哀嚎声,以及新出现的、饱含着暴戾的声音。

最终,所有的尖叫和枪响结束了,蒂博慢慢从死人堆中抬起头来,像是在血海里的海豹。

映入他眼帘的是一片金属的格栅,骑士头盔面具上的金属格栅,头盔顶上还装饰着羽毛。它在他面前放大,因为那张脸离蒂博只有几厘米。

那个戴着头盔的身影盯着他,眨了眨眼,金属头盔抖了一下,然后那身影挪开了。所有的德国人都逃跑了,或者,已经死了。超能体蹒跚着摇摆两下,蒂博仍然没动。他在等对方杀他,而超能体只是盯着他看了半响,然后放他离开,许多超能体最开始跟人接触都会这样。它在杀戮场一般的地面来回走动,有七八米高,令人难以想象的塔楼和人体的结合,还带着一个巨大的盾牌,鱼鳞状的鳞片,幽影般的身躯,还有跟身躯相比算得上纤细的手臂。它身边飞舞着马蝇,一片嗡嗡声中,夹杂着金属铰链的铿锵声,似一阕悲哀

第一章

的歌曲。最终，噪音消退，庞然巨物离开了，用它的三条腿：一条巨大的、装有马刺的男人的腿，一双女人的、穿着高跟鞋的腿。

万籁俱静，幸存下来的男孩蒂博终于从那片可怕的废墟中爬了起来。他浑身颤抖着站在父母的尸体边哭泣。

他无数次幻想过怎样残忍地报复那个首先开枪的纳粹军官，但蒂博已经想不起他长什么样了。还有那些开枪屠杀的纳粹，但他也不知道那些人姓甚名谁。他们大多都死了吧，丧生在同僚的流弹中，或者，超能体推倒建筑物的时候，被砖块砸得血肉模糊。

※※※

吉鲁街上，砖墙结构的建筑被粗鲁地推倒。在堆满了破砖烂瓦的斜坡上，一张年轻女人的脸从砖石堆中探了出来。她的脸上满是血污和尘土，头发也脏得打结。她没看见蒂博，而蒂博看着她咬着指甲，然后匆匆离去。

数以千计的人被困，她只是其中一个。纳粹再也不允许巴黎人玷污法国，所有进出的道路都被封锁了。

显而易见，这些拥有新力量的新事物——超能体，在纳粹德意志帝国解决它们之前，是不会自动消失的。德国人曾经也试图摧毁它们，后来希望利用它们，至少这些家伙比己

新巴黎的最后时光

方变化无常的盟友靠谱点。纳粹成功地召唤了不少奇形怪状的东西来模仿它们：无能为力的雕像，不凡的巫师，真菌性倦怠，半知觉的、肮脏衰弱的东西，影响了一片又一片区域。但几乎没有成功的，不能量产，也不听指挥。

现在，多年以后，蒂博发现超能体的数量似乎开始减少了。这标志着后爆炸时代的第二纪元。

当然，巴黎城还是很繁华。你要是不信的话，他想着，那就四处走走看看吧。机械玩偶，浮夸的机器人在展台上蹒跚地摇晃，拼命伸出胳膊想要个拥抱。做梦的猫，跟孩子一样大小，细弱无力的双腿支撑着它们直立行走，总是有意识地打量周围。你总会遇见这些东西的，蒂博想着，至少在一段时间内。

要是继续四下走走，不要去那些危险的地方，保持安全。也许会穿过一些无人的地方，然后，你能找到某些没有被战争破坏的窗户，没有被战争破坏的砖墙，也许有那么些许瞬间，你会以为自己回到了旧巴黎城。

"我什么也不怀念。"蒂博有一次对自己这么说。他不怀念战前的日子，也不怀念此前相对安全的第九区。第十区里被困的纳粹永远无法占领这里的街道，或是崎岖不平的山坡、交错的道路、轮廓优雅如窗帘帷幔的高山，还有那些摆满了时钟的、冰冻的房间，只有滴答的回声不断作响。第九

第一章

区太富有顽固的艺术感,所以没有人能够占据它。可以斩钉截铁地说,没有任何人,除了,某个同样富有艺术气息的游击队,超现实主义者留下的潜意识——连他们自己的战士都没有意识到的——那就是,羽爪盟。

我才不会怀念什么呢。蒂博又暗暗重复了一次,握紧了手里的武器。

在这里,连河边的每棵树都似乎经历着不同的季节,有的落叶萧索,有的生机勃勃。蒂博在寻找铁轨,那是出去的路。在某根灯柱之下,能感觉到天黑,他靠着灯柱坐下来,仰望星空,许久许久。

我还能忍受这些地方吗?它们,在一个错误的时间,以一种错误的方式到来。解放运动被搞砸了。但是,如果蒂博在其中连一点欢乐和希望的火花都看不到,他想着,那自己跟斯大林手下的一个小兵,或是戴高乐将军麾下一只嗡嗡的蜜蜂没什么区别,跟真正的自由成为敌我双方。

那肯定不是我,他想着,肯定不是。

他站起身,踏进被超能体遮挡的阳光,就在此时,街上突然响起了一声号叫。蒂博立刻蹲下身来,寻找掩护,手里的武器也抬了起来。战争教会了他冷静沉着。这不是人类的号叫声,也不是——他对此很确定——超能体的。

他等待着,控制着呼吸,倾听沉重的声音。有什么东西慢慢进入了他的视野。蒂博抬起步枪，紧紧地握着枪杆，瞄准。

一头如同巨型公牛的壮硕身影摇摇晃晃地出现了，它的侧翼沾满了血迹，就像滴在水面上的汽油所反射出的五彩光线。它的额头上长着许多灰色的、不规则的角，还有不少已经断了。它又发出一阵咆哮，露出了属于肉食动物的獠牙。

它的移动方式没有超能体专属的梦幻特性，只是重重地抬脚、落地，蒂博可以通过地面的震动来判断它的移动。就他所知——虽然各种超能体带给他不可思议的体验——没有超能体是用这种方式移动的。它侧翼的血迹慢慢滴落，让蒂博感觉到一阵恶心。血液劈啪作响，还冒着烟，带着火花滴到地上。野兽甩了甩头，角上的一块东西飞起来，又掉下。蒂博感觉到心脏一抽，哪怕只有一瞥，他也清清楚楚地看到，那一小块东西是属于超能体的。

如果魔鬼和鲜活的艺术品注定无法相互回避，那么它们也只能进行殊死搏斗。而现在，艺术品的血肉从恶魔头上滴落，还是新鲜的。

S大爆炸发生后没几天，德军和新生的超能体就加入了这场战争，而令人震惊的是，来自地下的部队，这些错位的入侵者，也来了。

迫切的求生意愿让蒂博的一些同僚试图弄清楚这些在地

第一章

底下的生物为什么在这个时候，以如此令人不安的方式出现。他们从翻找到的一些讲述歪门邪道的书籍里面积累了不少专业知识，也从被俘的德军传教士那获取信息，甚至在阿莱什牧师刚刚起步的主教辖区内寻找零碎的信息。这些拼凑起来的信息让他们分析出地狱和德意志帝国之间的可怕联系。伊莉丝或许能够告诉他这些"朋友"到底是什么货色，正如他所祈祷的那样，可惜世上大概没有上帝吧，至少没有看顾着他的上帝：蒂博明白，它是恶魔，还是个大恶魔。

跟大多数同类一样，它看上去受伤了。但无论个头大小、受伤与否，总归对他而言没什么差别。他背包里的那些小玩意根本对付不了这种地狱级的恶魔，只能送羊入虎口。

不过这只用许多条腿痛苦地蹒跚的野兽并没有看向蒂博。它前行的路上留下了满地的血迹和碎肉。

蒂博一动不动，只能静静地等待，等到怪兽蹒跚着走远，等到他再也听不见任何声音。终于，他松了一口气，跌坐在地上，捻住自己的睡裙。即使这样，他想着，哪怕只是追踪它的足迹也不能拯救自己。我应该离那些街道远一点，他先这么想着，转念又一想：我该乘地铁的吧？他露出了自嘲的笑容。

在森林里的时候，蒂博考虑过死亡。考虑着被毁灭的计划，自我放逐给了他狠狠一击。他从背包里拿出一支铅笔和

新巴黎的最后时光

一本脏兮兮的教科书，书上满是无数次翻阅折叠的痕迹。他打开了自己的战争笔记本。

我不是个该死的逃兵，这个任务完全是空谈。我才不是逃兵。

♟♟♟

那时候蒂博约莫十七岁，追随幸存者的故事，在枪林弹雨的废墟中摸爬滚打，躲避可怕的德军巡逻队，以及某些让他不安的东西。在废墟中，他找到了羽爪盟。

他边走边挥舞破旧的书本，紧张得全身发抖，他终于见到那些引他前来的人，他们的笑声有些难解，但基本上挺友善的。

"这是你们吧？"他不停地翻动手里的书，指着书页里的那些名字。"我要加入你们。"他对他们说，而他们只是发出大笑。

他们对他进行了测试。当然，蒂博不会射击——他甚至从来没摸过枪，他们只是开玩笑说他需要学会自动射击。"你听说过没？据说超现实主义最简单的行为就是往人堆随意开火。"他做到了，他们很满意。

还有其他的测试。他们指着堆满了东西的地窖，问他哪些是超现实物体哪些只是垃圾。蒂博看着杂物的结构形态，

第 一 章

不假思索地就回答上来——爪子和圆球组合的椅子腿，什么也不是，那个空雪茄盒和那把梳子是超现实物体，如此这般。他只自我纠正过一次，其他的就记不起来了。当他辨认完成后，成员们都在仔细地打量他。

当其中一名提问者脱下鞋子挠脚趾的时候，蒂博还做了一件大胆到不可思议的事情，他拿过了那只鞋，捡起了一支被当作垃圾扔掉的烛台，把它放在旧皮革制成的鞋子里。"现在，它就成为超现实物体了。"他说完后，其他人——不管是艺术家、职员、管理员，现在都称为游击队员——的目光都无法离开他了。

"你渴望战斗，我明白了，"只穿着一只鞋的男人打量着他，"不过，现在嘛……我是说所有这些……为什么会这样？为什么跟我们一起？想想现在的城市都成什么样了，我们是不是需要一些比诗意更有用的东西？"

蒂博立刻大声回应："我们拒绝为了现实逃离梦想，但我们也拒绝为了梦想逃离现实。"在场的男男女女都眨了眨眼，看着他。"没有任何人能说我们的行为是多余的，"蒂博像背书一样念着，"如果有人这么说，我们会说多余才是必须的。"

他意识到，这个问题是最后一门测试。而他的回答来自巴黎著名艺术评论家让-弗朗索瓦·夏布朗对法国游击队员的讲话，那些在纳粹入侵时留在巴黎的超现实主义非正规军。

- 23 -

在两次大灾难之间的一次预言，一次写下来的承诺。有着这样的信念，他们扛过了第二次灾难：S大爆炸。蒂博对这一信念报以无比的忠诚。

他永远不会成为一名神枪手，充其量只能在短兵相接中徒手搏斗。羽爪盟之所以认可蒂博，是因为他观察和联系事物的方式，还有他意识到并且调用起来的同步性。他们教他指挥被称为预备役的战士，成为一名**接收员**，寻找各种有利的机会。

在那些偏远的房子里面，在成为了不可思议之事物的战区和狩猎场的城市里，蒂博学会了生存和诗意，师从雷吉纳·罗法、爱德华·杰奎尔、里乌斯、多特雷蒙，还有夏布朗本人。当训练完成以后，他掌握了不少技术。蒂博的心里充满了感激，还有种团结一致的情绪。他和其他人在一起传播抵抗精神，招募新人等等。在他的队伍里，贾克·埃罗尔德[①]激发了一道黑色的链条。

爆炸后的瘴气中，所有的巴黎人都长出了无形的器官，不可思议地显示出非凡的新力量。蒂博变得强壮起来。

被困在后方的超现实主义者立刻明白，爆炸后新出现的东西是什么。不是那些庸俗之词所描述的魔鬼：它们的数量

---

① 法国画家

第 一 章

总是被描述得尽可能地少。超现实主义者率先意识到它们是什么，尊重它们的存在，并试图在涉及生命的城市战争中制定更优化的策略。他们对羽爪盟并非简单的服从，而是一种效忠：这场革命几乎没有成功的希望——就起义而言——但对超现实主义者而言，超能体是其中的闪光点。它们拥有令人颤抖的美感，降临现实。不管是诗人、哲学家、艺术家、革命家、侦查员或者是捣蛋鬼，都已经成为——也必须成为——战士。

此时此刻，蒂博独自一人，在宛如凋谢花朵一般只剩下废墟的广场上，从竖管水塔中，啜饮着整个巴黎的自由。

♟♟♟

几个月前，第九区的侦查员报告在克利希的停尸房里发现了恶魔，蒂博和屋里的同志们惶恐地看着对方。

"他们不受纳粹军控制的，"维尔日妮说，她是超现实主义抵抗军新募的战士，凶狠，但年轻而无知，"就是些野蛮生物。你们猜事情有多糟糕？我们是不是必须得……"

"你以前没跟它们打过交道，"蒂博说，"否则你应该知道。"

重点在于，他告诉她，你最好别跟这些恶魔打交道，可能会感染脓毒，或者出现过敏反应。到目前为止，城区的力量阻止它们入侵，除了偶尔有几个笨拙的闯入者。但现在大家都明白过来，如果这些恶魔没有被驱逐，它们会把第九区变成充满血腥和痛苦的地狱。超现实主义者必须承担驱逐恶魔的责任。

在驱逐恶魔的过程中，使用的装备和方法难免有些巫术的遗物，让启蒙运动显得尴尬，其他的必需品也免不了有些教权主义的味道，游击队员也对它们的有效性表示半信半疑，甚至有些厌恶。比如蒂博和伊莉丝背着一口袋十字架、圣水、铃铛什么的，要带给塞德里克神父。伊莉丝还拿这个开玩笑来着——她，一个犹太教士的孙女，居然亲自扛着这种东西。老牧师胡乱搞了点祝词，他们付给他香烟和食物当作报酬。

"左脸被打了要伸出右脸，神父，"伊莉丝模仿他的口气说，"想要保护那群绵羊，还是得找点自由法国军[①]，否则只会麻烦缠身。你想出去走走？门在那边。"

他待在营地里更安全，他们也是。这是一种令双方都感觉不舒服的共生关系。超现实主义者鄙视牧师这种职业，而牧师同样不喜欢他们那好战主义的无神论。可是大家都心知肚明，在这个荒谬的时代，想要对抗恶魔，牧师是不可或

---

①自由法国军：1940年法德休战后继续抗击德军的法国人。

第一章

缺的。

"为什么?"他们离开的时候,蒂博问伊莉丝,"为什么你觉得这会有用?看上去那些玩意不像是*真实的*。"

"说不准恶魔跟那些人一样,酷爱仪式感。"她说。

虽然背地里免不了嘲笑和鄙视,蒂博和他的同志们仍然对塞德里克保持着有些冷漠的尊重:不管怎么说,他也是抵抗军的一员。在这一区的街道上,他的传统不太可能成为异端。与许多神职人员不同,塞德里克拒绝与巴黎新教会和它们的领袖罗伯特·阿莱什和平相处。

在重组前的几个月里,阿莱什修道院长一直是最著名的反抗纳粹军传教士,不过鲜有人知,他曾经也是珍妮·皮卡比亚[1]代号格洛里亚的秘密情报网中的一员,核心信使。作为一名牧师,他可以携带各种违禁物品和宝贵情报穿梭于各区域之间。格洛里亚的同志们称呼他为"主教",也纷纷向他忏悔。

可惜,他的真实身份是双重间谍。S大爆炸以后,他向纳粹军出卖了自己的战友,差点让所有人因此丧命。阿莱什成了告密者,叛徒,从一个月收入不到三十银币,一跃成为月入一万二千法郎以上的阔佬。

---

[1]二战时期扎根于巴黎的英国特别行动组组织者。

两位著名的活跃分子，苏珊娜·德谢瓦克-杜米斯尼尔和她的爱人贝克特从对格洛里亚组织的屠杀中逃脱，也揭穿了阿莱什出卖组织的行为。只是对方没有任何忏悔之意，反而变本加厉地开创了背叛神学，纠集了一群天主教徒——包括纳粹军，还有来自地底的入侵者。罗马教廷公开谴责他，他也公开谴责罗马教廷还以颜色，并在自己资助的教堂里自封了主教。

在对阿莱什共同的仇恨上，塞德里克和超现实主义者达成了一致。

♦♦♦

黄昏时分，战士们登上了屋顶，略带讽刺的是，他们的枪管里装上了被祝福过的弹药。在巴黎，你得做好跟艺术和地狱抗衡的准备——更别提纳粹军了——所以，在武器准备的问题上，尝试各种手段都不为过。

蒂博已经准备好应付超能体了，他有自己的专长，也可以使用跟超能体相同构造的武器对付它们。

至于人类？毫无疑问，可以轻而易举地被任何东西杀死。

在灌木丛的罅隙中，游击队员们像伐木工一样搜集木材。在碎砖头、碎石板、乌鸦尸体和排水沟中，蒂博发现了钟摆和弦组成的物体，那是超现实主义的风化物，不知不觉

第一章

中消失不见。屋顶的边缘有门，有些朦胧的东西走得太近了，他看不见。

这时候，传来了微弱的尖叫声。他们小心翼翼地走近，在暮色掩映下，羽爪盟的成员们找到了尖叫声的源头。他们盯着某间仓库的一扇破碎天窗，里面仿佛是占卜池。

下方，一个身穿长袍的男人从尘土飞扬的房间地板上突然跃起，停留在空中。他在怪物堆里挣扎。

一只长着喇叭鼻子和鱼眼的怪兽残忍地挥舞手中的棍棒，一只长着蝙蝠翅膀、没有腿的怪物，用带尖刺的尾巴抽打那个男人。破布玩具一样的动物们啃咬男人的手指，用角戳刺他。

"我的天，"维尔日妮低声说，"我们快上。"抵抗军战士们咬牙切齿地迅速拿出武器。一只长得像蜥蜴的玩偶怪物咆哮起来，一头毛茸茸的猪脸怪在攻击之前瞥了他们一眼。

"等一下。"蒂博突然开口。他举起手来，"你们看看，看看那人的衣服。"

"别挡路，蒂。"皮埃尔死死盯着破窗内的场景。

"等等！刚才就觉得不对劲，他怎么停在半空中的？"蒂博说着，那人又发出一声尖叫。"听。"过了一会，又是一声，带着明显的颤抖。"看看那些恶魔，"蒂博又开口，"再看看他。"

那个飘浮在半空中的人，眼神竟然是毫无焦点的，跟凝固了似的。沙色长袍，满脸胡须，看上去很精致。他又发出一声尖叫，跟之前的叫声一样，音量没有丝毫拔高或者降低。他的身下不断有鲜血汇集，形成一摊血池，没有扩散。

"那些恶魔，"蒂博最后说，"状态也太好了。它们像一张被反复播放的破损唱片。不，它们不是恶魔，它们攻击的那个，也不是人。"

巴黎城里不断变化的街道回响着来自地狱的脚步声。大爆炸过后，它们从下水道里蜂拥而上，如破门般轻而易举地撕裂树丛，跟超能体似的奔向全世界。虽然它们跟超能体没有任何相似之处，丝毫没有，大爆炸也并非它们的天性。说起来，大爆炸不是它们产生的理由，倒像是它们现世的借口。它们从阴暗的地底涌出，来到火山岩铺就的人行道，呼啸着给整个世界带来灾难与痛苦。脸上全是蜘蛛网的巨人，横行霸道，仿佛可以用牙齿咬碎一切。它们身着黄金盔甲，施展着带来瘟疫的魔咒，并且津津有味，乐在其中。

可是恶魔们在它们的冷笑中退缩，在它们自认为没有被注意到的时候，小心翼翼地摩擦着皮肤。屠杀和折磨是一种微弱的需要，它们似乎充满了焦虑。它们浑身散发着硫黄的味道，还有瘟疫。有时候，它们也会因为疼痛而流泪。

第一章

巴黎城里的魔鬼们不可能安静下来，它们用超过一百种语言来宣称自己的到来，带着他们从地底城市携来的嘶吼、号叫。它们挥舞利爪，把无数房屋夷为平地。它们咆哮，追杀一切，这些从地狱而来的魔鬼，释放恐怖的讯息，所有人都因此颤抖。

它们与纳粹军和维希政权结盟，和专门的巫师官员一起，在各地巡逻。子弹、炸弹和来自地狱的魔咒与沸腾鲜血交杂在一起。显而易见的是：鉴于对超能体缺乏有效的监控手段，纳粹德国更希望倚靠其他的生物来赢取这场战争。然而，他们之间的合作往往不那么成功。有时候——甚至在共同对敌作战之时——他们之间的矛盾也可能爆发成不可控制的大屠杀。恶魔和纳粹军大动干戈，反倒把他们共同的目标给放跑了，双方又陷入无休止的互相指责。

现在，它们来到这里，对那些被困在巴黎的人而言，它们和纳粹军一样可怕。它们从地底而来，丝毫没有返回的迹象。倾巢而出——就像最勇敢或是最富有自我毁灭意识的人类间谍一样。那无休止的咆哮，有时候听起来像在哭泣。假设地狱里有专门解读恶魔的学说，或许它们在哀悼永远被放逐了吧。

你可以看到，城市的生活艺术品吓坏了它们，如果数量太多，它们会四散而逃，否则它们会神经兮兮地进攻。

是夜，蒂博站在屋顶上，指着下面看上去像是恶魔的东西，对着游击队的同志们说："这些，它们不是恶魔。它们是超能体。"

简直是胡说八道，活生生恶魔的形象，还有一个受害者。甚至跟新巴黎的艺术感一样，它们是鲜活的，只是陷入了死循环。

"不可能！"皮埃尔放下手里的步枪，"他妈的，胡说八道。"他又举起步枪，瞄准。但没有开枪，他的队友们仔细打量着下方的战场，直到伊莉丝轻轻地推开了他的枪管。

♟♟♟

蒂博在对那些已逝去的生命耳语。

深夜，他仍然没有停下步伐。他渴望清凉的空气，也渴望如浓墨的黑暗，像梦幻般的墨水，把白色的巴黎勾勒出轮廓。他在街上蹒跚前行，直到月光洒下。他闭上眼，继续前行，放空自己，任由潜意识拉拽着他，随便走向哪间即将腐朽倒塌的房间，让他寻找一点点安全感。*我要睡上一个小时，*他想着，*不，两个小时、三个小时也行，就这样。*

他的手指触碰到了木头，于是他睁眼瞧了瞧，用力推开门，踏在湿软的地毯上，发出吱嘎的脚步声。他抬起了手里的步枪。

第一章

大客厅的壁炉架上，一只梦幻般的哺乳动物，用极像绒猴的眼睛瞪着他，似乎有点害怕，鲜血从它镰刀一样的爪子上滴落。地上有个水坑，溺水的女人躺着，蒂博看到她斑驳肮脏的肩胛：他突然意识到——那是一种内在的、灵动的直觉，这个动物在等待女人的尸体腐烂。

他应该保持安静——尤其在这样的夜晚，属于他的夜晚。但他的心中充斥着来自逃兵的愤怒，他瞄准了那只食腐的婴猴。

他犹豫着，就像超能体在他面前一样。蒂博屈从于内心的渴望，开枪了。真是富有超现实主义风格的一幕。

他的子弹飞出，在婴猴跳起的那一瞬间击中了它，它被那股冲击力撞向了墙壁，四肢像焦油一样溶解。

蒂博等待着。他的枪口冒出青烟，除此之外，什么也没发生。他转身想看看死去的女人，但他停下了脚步，双手捂住脸，怀疑自己会不会哭出来。现在他真睡不着了。

♦♦♦

在羽爪盟攻击那些非恶魔失败的两天之后，蒂博正吃着陈腐的面包当早餐，维尔日妮把一本书放在他面前的桌子上。

"这是什么？"他问道。

她迅速翻到一张版画，上面画着一群长着尖尾巴的小恶魔。他认出了它们,他在几条街外看到过它们围攻圣安东尼。

"松高尔①的作品。"她说。

"你从哪儿弄来的?"

"一座图书馆。"

蒂博摇摇头,不知道感慨她的勇敢还是愚蠢。竟敢掠夺图书馆!这世道,书可并不安全。

"问题是,"她说,"那个超能体?再看看这个图?我觉得它不是自生的,毕竟距离S大爆炸核心不够近。"

在爆炸的巨浪中,不仅是超现实主义者的梦想成为了现实,还有象征主义和颓废主义。它们算是超现实主义的鼻祖和亲密爱人,来自他们原始的幽灵。现在,勒东地区徘徊着十条腿的蜘蛛,在让·兰蒂尔街上狩猎,巨大的牙齿咔嗒作响。一个长着阿尔钦博托②作品里的那种凝固水果面容的身影在圣·图安跳蚤市场的边界徘徊。

"如果是丢勒(附注:德国画家、版画家及木版画设计家)的作品,也许吧,"她说着,"或是皮拉内西③的?松高尔的?他很重要,但是我认为他不具备超能体自发自生的素质。我想,有人刻意召唤它们出来的。"

---

①15世纪德国著名的铜版画家,油画家。
②意大利画家。
③意大利雕塑家和建筑家。

第一章

"谁?"蒂博反问,"为什么?"

"纳粹军。或许他们想要更听话、更忠诚的恶魔,想要专属于他们的超能体,"维尔日妮说,"他们还在不死心地捣鼓呢,我想的话。"他们俩对视了一眼,脑海中都出现了敌人尝试各种方式组合拼凑拉拽这些图像的场面。"毕竟,"维尔日妮沉重地说,"元首①本人,就是一名艺术家。"他那从未完成的复制品,那犹豫的线条,毫无表情的脸,空虚、漂亮、华丽、都市化的线条,就跟古玩珍藏一样,在神秘的巴黎扩散。维尔日妮和蒂博交换了一个蔑视的眼神。

☗☗☗

不管它们来自什么地方,这些恶魔状的超能体无比脆弱,甚至没有神韵展现。它们可能都不会动弹。蒂博心想,那些东西,只会没完没了地吞噬,吞噬那些没完没了的、愚蠢的、圣洁的猎物。

他走近加里波第和巴斯德大道,辨认出百叶窗后面滴淌着蜡油的蜡烛。这些房子很小,属于公社。每个家庭住一间屋,壁炉里燃烧着破烂椅子,墙壁之间有打通的甬道,像是村落。蒂博倒头就睡,梦到自己在豪斯曼林荫大街上行走。

---

① 指希特勒。

他梦见伊莉丝浑身浴血倒下,面目模糊,他看到维尔日妮、保罗、让和其他人。他来迟一步,无法挽救他们,只能眼睁睁地看着他们的头颅在黑暗的森林中摇摇欲坠。

　　蒂博没有叫喊出声,但被这个场面吓醒了,还得继续前行。他的脸上浮现出都市化的冷笑。

　　街道交汇处,银色的月光洒在地上,有什么东西在移动。蒂博放慢脚步,看到两只骷髅抽动着失去血肉的身躯,蹒跚前行。

　　蒂博静静地站着,听着死者的脚步声。

　　阿兰,蒂博的同僚投票选出的最合适的指挥官,肯定喜欢治疗这种一本正经的德尔沃①骨头架子,或是化石堆。他露出恭敬虔诚的表情不停摇晃那些骨头架子,不过也未能阻止其中三个骷髅在酷热的六月天,用散落的骨头戳死了他。

　　蒂博往后退了几步,他不想跟超能体作战。

　　他身上的新器官,全新的肌肉,在超能体能量的影响下,突发一阵痉挛。不知道那股能量来自何处,他挣扎着前行,又是一阵痉挛,他加倍用力挣扎起来。

　　这时候响起了一阵枪声,两只骷髅停都没停,直接往枪

---

① 比利时超现实主义派画家。

第 一 章

声传来的北方而去。它们偏离了蒂博的路线，但靠得也挺近。蒂博体内的东西似乎拽着他、拖着他，也朝枪响的地方前行，当他奔跑的时候，自己也搞不清楚怎么回事。

通过边界，进入第七区，突然，他的耳边一炸。

又是一声枪响，蒂博猛地抽了口气。

布里德耶大道上种满了山杨树，树枝伸展，掩映着巴黎荣军院那构造复杂的房屋。这曾经辉煌过的军事区如今被枝蔓横生的树木覆盖，从外面已经很难看清建筑的轮廓，只剩下几根灯柱还在树干包围中顽强地挺立。圣路易斯大教堂也未能免于其难，整个被树皮包裹。军事博物馆里空无一物，武器都被疯长、紊乱的植物所替代，比如奇形怪状的灌木丛。

又一声枪响：在夜色中，有什么东西四散开去，还有什么东西发出笑声。一个女人从树林中跑了出来，她戴着厚厚的眼镜，穿着粗花呢裤子和夹克衫，全都脏兮兮的，沾满了泥土。好背着提包和装备，挥舞着手里的手枪。

咆哮声、喘息声，她的背后，野兽在丛林中四窜，怪模怪样地摇晃。

那是一堆小桌子，有着僵硬平板化的躯体，无法弯曲的木腿，猛烈摆动的尾巴，脸上还露出凶狠的犬齿。这堆带着尖牙的家具在崎岖不平的路面上颠簸跑动。

蒂博倒抽一口气，大步跨过摔倒的女人，挡在她和追来的怪物中间。他以为它们会绕开自己，就如大多数超能体那样。

但它们发动了攻击，持续向前。

他被吓得慢了一拍，举起了手里的枪，朝着第一只跳过来的家伙开火，小桌子发出一声咆哮，爆炸开来。

其他怪物也朝他猛扑，他身上的棉睡衣突然硬得像金属一样。蒂博挥动手臂，睡衣紧紧地裹住他，让他变成一种工具，赋予他速度与硬度。一只动物标本状的木质食肉怪物靠近他，一口咬过来。蒂博穿着衣服的手臂往下一挥，拍断了它的背脊。

他站在女人和如狼的桌子怪之间，毫不示弱地发出跟它们一样的咆哮。桌子们微微往前动了动，创造性的机会，蒂博开枪打中了右侧最靠前的一个，让它倒在了血泊和木屑中。森林里又传来吼叫声，他看到树丛之间有两三个人影，身着纳粹党卫军制服，还有个穿着深色外套的男人，用德语大声叫喊着：快！小心！狗子们……

魁梧的军官从树林阴影中冲他开枪，蒂博号叫一声，但子弹从他胸口弹了出来，军官皱了皱眉，蒂博抬起手里的旧步枪还以颜色，可惜打偏了，那家伙还愣着，蒂博已经重新装弹，又一次扣动了扳机。真是又蠢又慢，蒂博又开了一枪，这一次，他放倒了敌人。

第一章

狼一般的桌子怪依旧疯狂扑上来，一名纳粹军人挥舞着鞭子，聚集和驱赶着它们。在他挥动鞭子的那一瞬间，蒂博猛然出手抢夺。鞭子狠狠地抽在他手上，他的手一阵麻木，可是他成功了。他身边的女人倒在地上，手指伸进了泥土里：这些追逐、威胁她的怪物总算后退了。蒂博挥舞着鞭子靠近纳粹军，猛地一抽，纳粹军人飞了起来，遁入了黑暗。

剩下的纳粹军人犹豫了，桌子怪号叫着。蒂博一巴掌拍在身边的树上，打得它不住颤抖，显示出睡衣的力量。纳粹军逃跑了，退入了森林，朝着荣军院方向，很快消失在他的视线之外。纳粹军人尖叫着，狂奔桌子怪跟在他们后面，露出尖利的牙齿。

"太感谢你了，"女人不住朝他道谢，同时收拾散落的杂物，"谢谢你。"她突然改口说法文："跟我来。"她的法文带着点美国口音，给人冷清又富有教养的感觉。

"该死的，这到底怎么回事？"刚冲他开枪的纳粹军人已经死了，蒂博搜着他的口袋，"我之前从来没见过这些东西。"

"它们被称为狼桌怪，"女人回答，"从布劳纳的作品中显形出来的。我们得赶紧走。"

蒂博瞪着她，过了好一阵，才开口："布劳纳的作品恐怕只有狐狸的部分吧？可那些桌子怪，大得吓人，皮毛也是灰色的，看起来根本不像狐狸，倒像是杂交出来的。纳粹士兵管它们叫'狗'，还能指挥它们。而且……"他移开看向她的目光，"我说过了，之前从来没见过任何超能体——包括狼桌怪，跟它们一样。"而且它们径直冲着我扑过来，毫不犹豫。

过了好一会，女人说："很抱歉。显然，我也认错了。"

"狼桌怪是食腐者，"蒂博接着说，"听到枪响就会吓得到处跑。"它们疯狂地吞食，企图填满不存在的胃，直到喉咙被血肉堵塞，又吐出来，继续无休止地吞食。"狼桌怪可不是勇者。"

"看来你对超能体非常了解，"女人说，"真是抱歉。当然，我不想表现得很失礼，不过……我们必须马上离开。"

"你是谁？"

她看上去比蒂博大几岁，长着绯红的圆脸颊，留着黑色短发，正站在刚才倒下的地方看着他。

"另外，你来这儿干什么？"蒂博问道，然而他一下就想到了答案。

"我叫姗姆。"她说。蒂博拿起她的挎包。"嘿！"她叫了一声。

他把背包里的东西倒了出来。

"你干什么！"她吼道。

照相机，罐子，还有几本破烂的书撒了出来。相机不算

第一章

旧,他没感觉到任何超能体能量的波动,这些都不是超现实主义的东西。他盯着这堆东西,期望发现什么赃物之类。他的眼神扫过旧手套、一个蛇标本、沾满灰尘的小玩意、一半嵌在熔岩石中的玻璃酒杯、打字纸条、在水下放置很久而缠满藤壶的书、硬得能捏碎一切的镊子。

蒂博起初怀疑这女人是个战争贩子,倒腾各种小玩意,发战争财。这些阴影中的猎手爬过各种障碍物,寻觅,提炼,出售各种在大爆炸中出现的东西。拥有奇怪能量的电池,通过纳粹封锁线寻找物品,在外面的黑市中占据了巨大份额。游击队员在为解放运动作战的时候,超能体不断被偷走,蒂博和他的同志们对抗着魔鬼和法西斯,还有出格的艺术,最终走向死亡的终局。

比起敌人,蒂博更鄙视这些战争贩子。这女人的包里会不会出现什么包裹着毛皮的勺子、蜡烛、盒子里的鹅卵石之类?他眨了眨眼,玩起了纳粹军的绳鞭。

姗姆在检查相机有没有摔坏。"你这是什么意思?"她质问。

蒂博用脚指头拨了拨书本,仿佛它们可以倒出更多的赃物。女人一巴掌拍开他的脚。巴黎地图、米诺陶期刊[①]、各种文献、《革命的超现实主义》、《超现实主义革命论》、《视野》。

"为什么你会有这些东西？"他冷静地发问。女人拍干净了相机外壳。"你以为我是个财宝猎人？上帝啊。"她透过相机的取景器看着他，他用手遮在面前。她按下按钮，快门"咔嗒"一响，他感觉到血液里有什么东西被点燃。蒂博一直盯着她手里的各种期刊，想起了自己曾经随身携带的东西。多年前，在他结束训练离开的时候。对指导者怀揣的古怪敬意，那些多余的复制品，所有的书页里都是他们的作品。

女人松了口气。"你要是把这个弄坏了，我们就没法好好打交道啦。"

她把相机带子绕在脖子上，擦掉一本大笔记本上的灰尘。然后，她伸出手来。

"我不是来偷东西的，"她说，"我只是做记录。"

▮▮▮

在离开逝世的父母之后，在找到成为同志的朋友之前，还不到十六岁的蒂博独自一人东躲西藏了很长一段时间。当他藏身在这座古老城市的边缘时，他看到恐怖的团体袭击和

[①]法国出版的超现实主义期刊。

第一章

围困平民，在爆炸区域边界设置障碍物，在城市驻扎等等。平民们被纳粹军无情发射的炮弹驱赶、屠杀，直到明白他们无处可逃。最初几天，还有德国人也跑到同胞的阵地上，挥手叫喊，要求通过封锁的路段。如果他们靠太近，同样也会被击毙。军官和士兵畏缩着退到防御圈内，听从扩音器的指挥，保持警惕，等待指示。

他退到了巴黎的危险地带，在那里，蒂博睡得很好，到处寻找食物，擦亮眼睛，随时躲避可怕的事物。他又蹑手蹑脚地回到了郊外，一次又一次寻找出路，可惜每次都失败了。这个城市被严密封锁着。

直到某个大雨倾盆的夜晚，他躲在一个烟草商家的废墟中，百无聊赖地翻找自己的所有物，在包裹里发现了他最后收到的一摞小册子和书籍，就在大爆炸发生的前一天。蒂博剪开绑住它们的绳子。

《地理夜曲》，一本诗集。评论集，有关羽爪盟的。有关被占领的城市中的超现实主义，由敌占区的抵抗组织所著。他看到了夏布朗、帕京、道斯特等人的名字。雨水拍打在窗户上，夜间的局面。

"'那些沉睡着的，'"蒂博读道，"'是宇宙中工作者与合作者的结合。'"

他翻开夏布朗《存在的记录》第二段，诗意的辩论，充斥着反法西斯的怒火。这些声明的意图是忠实的，后来，蒂博在羽爪盟成员面前背诵了那一段，通过了忠诚度的测试。超现实主义的存在状态。他翻阅书页，看到的第一句话几乎是这一段的最后一句。

"我们该离开了吗？或者留下来？如果你留下来，留下来，留下来……"

蒂博浑身颤抖，绝非因为寒冷。

"我们会留下来。"

PART TWO
第二章

PART TWO

1941年

菲利克斯·巴莱特地区，有个戴帽子的人出现了。他似乎不堪忍受高亢的噪声：汽油限量供应让马路上的汽车越来越少，在这个现代化的城镇里，他还能听到马车的声音。

港口城市、暴徒集中的大都市、难民聚集地都被榨干了，一片萧条。1941年，法国人的法国。

瓦里安·福莱，三十四岁，身体瘦弱，嘴唇紧抿着，从他的神情举止来看，是位有故事而内敛的人。他眯眼看向办公楼外那条线，习惯了在人群中看到可怕的希望。

小巷人群熙攘，酒吧里人满为患，高叫声此起彼伏。群山俯瞰一切，暮春时节，草长莺飞。街道之外，大海有了新的变化。我该坐在码头上，福莱默默地想着，我该脱下鞋子，卷起裤脚，把石头扔进海里，吓唬吓唬游鱼。我就该直接把鞋子踢进海里。

他看到各种倒卖签证、信息、假身份的贩子，整个马赛都陷入了疯狂。

一家面包店上挂着流行的标志，写着"法国工厂"，用的是阴郁的元帅肖像。福莱取下眼镜，似乎拒绝接受这种污染视线的行为。

"乱你的，乱你的！"

穿着廉价西装的年轻人跑过广场，婴儿般的圆脸被髭须覆盖，拱形眉毛像是被拔过，蓬乱的头发不知道多久没有修剪了。"乱你的！"他叫着。

"有什么我能帮你的吗？"福莱用英语说。

男子停在他身边，狡猾地瞥了他一眼，嘟囔着一些听不清楚的词。奥托、阿多尼什么的。

"我的法语不比你好多少，"福莱说，"再说你讲的是哪门子法语？求求你别折磨这可怜的语言了。"

对方眨眨眼。"抱歉打扰下，"他说，"我想……我犯了个错误。你是美国人吗？"

"你在领事馆见过我对吧？"福莱说，"是，我是美国人。"

那人兴奋地几乎跳起来。他抬头，看了一眼像是蒙在牛皮纸后面的太阳，开口说："这感觉不对。"福莱吓了一跳，因为他一直在思考同样的事情。

"您是……"

"我叫杰克·帕森斯。"

第二章

"占用点时间,给您下个不大好听的结论,帕森斯先生,我想你仅仅是太天真了。"这是个笨拙的间谍?倒爷捎客?还是英国人说的那种游手好闲之徒?"居然敢在马赛街头找过路人搭话……"

"噢,天哪,我很抱歉。"帕森斯一脸真诚地说,他看上去不超过二十三岁。"这样说吧,"他飞快地继续,"我就在这儿,看着您轻松地跳着华尔兹越过了那条界线。而我呢?我想过去,明白吗?结果他们冲我好一顿嘲笑,让我滚回美国去。"

"那你是怎么到这儿来的?"

帕森斯眯着眼睛看了看面包店。

"'法国工厂'?"他说,"是这个意思吧?还是有别的意思?"

"意思是这门生意不属于犹太人。"福莱说。帕森斯真的有这么天真?附近建筑墙壁阴影里,有一大堆德语报纸。"你为宾汉姆工作?"

在所有的美国外交官里,宾汉姆是福莱唯一的盟友。其他人都致力于和维希政府保持良好关系。而他们都知道,福莱致力于把所有难民带出法国,包括每一个反抗军、每一个犹太人、每一个工会成员、每一个激进主义作家和思想家。在纳粹的迫害下,他们被迫东躲西藏。但他不得不有所选择，非常惭愧，他的紧急救援委员会，主要致力于救助艺术家和知识分子。

或许面包工、下水道工人、幼儿园教师暂时不这么迫切需要救助，福莱无数次这么自我催眠。

"其实我不认识宾汉姆，"帕森斯说，"不过听着，怎么说呢，我只是在想谁会在这附近游荡，然后看到了你拿的东西，这些东西……"

他指的是从福莱手中露出一角的手工杂志，本来福莱想尽快读完，免得耽搁。"这个？"福莱把它拉出来，前面有一串手写的、歪歪扭扭的字母。姓名：恩斯特、马森、兰芭、坦宁，还有其他人。[1]

"就这个！我简直不敢相信！我必须和你谈谈！"

"啊？你是艺术爱好者？"福莱问道，"是这样？"

马赛城已经吞噬了朴实的特质，庞巴德、黎凡特、亚特兰蒂斯酒店都成了拘留营，从难民手中勒索压榨仅剩的金钱。退伍军团威胁犹太人和赤色分子，巷弄里遍地歹徒。而这个杰克·帕森斯，无疑是个麻烦人物，不管他有心还是无心。

福莱已经不得不把玛丽·杰恩·戈尔德的伙伴从城外破

---

[1] 这几人都是著名的超现实主义艺术家。

第二章

败的艾尔贝尔别墅驱逐出去了，那里是英国经济研究委员会的总部。最初他以为玛丽·杰恩只是个有钱的女人，善于做戏，即使是他是个颇有绅士风度的人，极其尊重女性，也不得不开口。她的男朋友实在是太拖后腿了。雷蒙德·库劳——外号"杀手"，玛丽·杰恩的坚持没有丝毫说服力，说他是个年轻的硬汉，衣冠楚楚的逃兵，憎恨大部分玛丽的朋友，和犯罪分子有着密切的联系，已经闯入了别墅，但是后来又说是在"恶作剧"，还偷了她的东西，但她对此表示出不可思议的忍耐力。

"有点同情心吧，瓦里安，"福莱的朋友瑟奇曾经说，"你应该在我二十岁的时候认识我。"

"玛丽·杰恩'对堕落生活的渴望'那是她自己的事情，"福莱说，"但我们不能冒险让他出现在这附近。"

福莱觉得自己应该对这个杰克·帕森斯敬而远之，别沾惹上麻烦。但不知怎么的，年轻人嘴里咕哝的东西让他仍然停在那里。帕森斯热切地看着福莱手里的小册子，总会有人宁可冒着被卷入战争的风险，漂洋过海来购买艺术品。

"佩吉跟你说了有关我们的事情？"福莱问道。

"佩吉是谁？"帕森斯反问，"我只想跟你谈谈她的事情。"他指向小册子封面上的一个名字。

福莱的目光看向他指向之处。"艾思尔·卡胡恩①?"

"你不会说忘记她是谁了吧?"

"事实上,我不认识她,"福莱说,"我对她一无所知,也没有她的作品要出手……"

"可是我认识她,"帕森斯说,"该死的,我这辈子也不想看到她的名字,我都没想过在这儿会出现我认识的名字!这就是我找你搭讪的理由。"

不要和陌生人讨论任何事情,盖世太保在看着你,城里到处都是昆特委员会的人。但是帕森斯的声音里,有一些特别的东西。

百利金咖啡店里挤满了人,有难民,有知识分子,还有马赛城的渣滓。

"你对超现实主义了解多少?"

杰克·帕森斯挠了挠下巴。"艺术类?那我不太懂。她做这行的?我了解的是卡胡恩另外一面,福莱先生,请听我说,"他的身躯前倾,"我本来不该待在这儿的,我应该去布拉格。"

"你去不了布拉格,"福莱说,"而我也不太明白你是怎么到这儿来的。"

---

① 英国超现实主义画家、诗人,神秘学学者。

第二章

"我只是……就这么来的。而且我必须继续前进,我还有工作要做,这该死的战争。正如您所说:只要按照正确的方式排序,26个英文字母可以帮你办成任何事情。"

我有说过这种话?"我只是个小职员……"福莱说。

"得了吧,我知道您在管理一个应急救援委员会,"福莱紧张地四下张望,但帕森斯毫不慌张地继续说,"部门里的每个人都在说。我知道你在郊外有个地方,照顾那些人,那些艺术家,然后你试图把他们都弄走——"

"你小声点!"

"我得跟您实话实说,"帕森斯喋喋不休地说,"我要去布拉格,因为我去了那里,就能做一些别人做不了、也不想做的事情。但是现在每个人都跟我说我不能去布拉格,所以我被困在这里了。然后我就看到了您,然后我就想到了您所做的事情。这下你明白为什么我追着你跑了吧?我可不相信什么命中注定的偶遇。"

福莱笑了笑。"我的一位朋友一定会同意这句话,"他说,"他把这称作'客观的机会'。"

"啊哈?你看,你杂志上这个人,跟我想做的事情是有关联的。艾思尔·卡胡恩,"他念起这个名字像是叮叮咚咚的铃铛响,"她跟你是什么关系啊?"

"我有个朋友认识她,"福莱说,"事实上,很巧合,就是

- 3 -

刚才我提到的那位会赞同你想法的朋友。去年艾思尔应该去巴黎拜访过他,这本小册子也是这位朋友制作的。我只知道卡胡恩是位作家、画家,不过我连这本小册子都还没读过呢。"

"你朋友叫什么名字?"帕森斯问道。

福莱顿了顿,没有回答。"你是怎么知道卡胡恩的作品的?"他反问。

"我的一位导师认识她,对她评价也很高。这就是为什么见到你让我很兴奋了,我是这样想的,就如我所说,我想去布拉格做点事情,但现在被困在这地方了。不过,转念一想,如果这样也可以呢?我所尊重的某个人,他也十分尊重卡胡恩。所以我想着,既然她是超现实主义者,那么也许他们的念头总有共通之处,包括我。所以,我想跟他谈谈,跟你的朋友。"

"我那位朋友名叫安德烈。"福莱沉默了一阵,然后说。

"我的导师叫阿莱斯特。"

"安德烈·布勒东[①]。"

"阿莱斯特·克劳利[②]。"

[①]安德烈·布勒东,法国诗人和评论家,超现实主义创始人之一。

[②]阿莱斯特·克劳利,一位极负盛名、将魔法理论付诸实践的仪式魔法师,在1920年代被认为是世上最邪恶的男人,克劳利宣称希特勒从他身上盗走纳粹十字的秘密。

PART THREE

第三章

PART THREE

1950年

"蒂博,"年轻的侦察兵曾经说,"他们告诉我你的活动路线,你负责这里的事务。"女人面带笑容,她精疲力尽,浑身湿透了,但没有受伤,穿过这么多危险的街区,找到了他。

那时候他在地窖里工作,压根没听见也没看见她,直到她为了不吵醒上面的同志而轻声叫出了他的名字。蒂博一看到她就条件反射要拔枪,但她勇敢地冲他摇头。"我是羽爪盟的人。"她说,而他相信了。这是一种从宗教学来的技能,新背景下的一些诗意,她获取了看不见的通行证。蒂博放下了步枪。

她又开口了,没有提高嗓门。

"我走了很远,沿着殉难者之路,穿过十八区,蒙马特尔,"她历数道,"在这里和第八区之间有太多麻烦事情了,我很高兴见到你。"

"我又不管事。"他说。

"是吗？看上去你就是管事儿。反正他们想让我找你说话。"

"他们？"

"他们知道你在这儿，"她说，"他们——我们——希望你能加入进来，有个计划。"

她含糊不清地说着，却兴奋地发抖。就在巴黎的纳粹控制区边缘，战友们聚集在了一起。

蒂博的手指摩挲着口袋里的牌。"好吧，"他说，"你们为什么要找我？"当他告诉女人自己在保护第九区的时候，她眼里满是惊讶。

☗☗☗

蒂博在玩那根绳鞭，把它卷起来，又解开，又把它紧紧地卷成一根像指挥棒的棍子，在手掌上轻拍。

"没用，"他说，"不能控制超能体，它们根本就不该在这里。任何人都不该进入森林。"他突然低头看了眼自己身上的睡衣。姗姆什么也没说，他很快振作起来。"令人迷惑，"他说，"森林里居然有传奇生物混在灌木丛。"

"德斯诺斯[1]，"姗姆说，"这可不是警告，这也是我进入

---

[1] 超现实主义诗人。

第三章

森林的原因。"

"值得吗？去看传说中的生物？"他本想用讥讽的口吻嘲弄她，但她只是微笑着举起了相机。

布丰中学的废墟上，旧时的教室现在只剩下尘土和鸟类的尸体。蒂博用步枪指着姗姆，但对方毫不在意。她把背包放在脚边，就像在月台等火车的人一样。

"听着，美国佬，"他开口，试图让自己的声音变得粗野，"我是巴黎人，羽爪盟。"*说谎了呢*，他想着。*我根本就不该来这里。*"我跟恶魔、超能体、纳粹军和纳粹同盟作战过，杀了他们不少人。"马赛牌还在他的兜里，反抗军的秘密筹码。"为什么那些怪物要追你？我告诉过你，从来没有见过这样的狼桌怪，或者服从于纳粹军的超能体。"

"没有？那飞行绘画呢？"她问。

他眨了眨眼。"那个不算数。"真正的法西斯超能体，就像那些奔跑的未来主义飞机，剩下的几乎可以忽略不计。"它们又不服从于任何人，不管是法西斯还是什么。它们只是……在那里瞎转悠……"

"野兽派？"她问道，"那些无足轻重的家伙？"

在那段很短的时间里，来自维希政权，唱着"年轻的法国"歌曲的艺术牧羊人，试图引导从德林的画布中走出来的过于浮夸的花花公子们。那首歌是由维希狂热分子自己写下的，带着灰色的忧郁。然而时局总是无法控制，且令人不快。在那之后很长一段时间，蒂博都没听说任何有关野兽派的动静，那些粗俗又耀眼的艺术家，据说在某些夜晚，还会困惑地徘徊在街上。

"狼桌怪来自于超现实主义艺术！"蒂博怒吼，"你怎么敢拿它们跟那些垃圾诗比？美国蠢蛋写的诗？还是法西斯的那些乱涂乱画？或者那些野兽派的破画……"

"我可见过比那些怪桌子更糟糕的东西，被纳粹军指挥着，"姗姆打断了他，"巨大的东西，已经超出了艺术的范畴。不要自我欺骗了，德意志帝国已经在某种程度上掌握了超能体显形的秘密。"

蒂博眯起了眼睛。"你瞎说。"他说。

她耸耸肩。"等我的照片都冲洗出来了，我可以证明给你看。"

"你怎么知道这么多？"

"你真是个糟糕的审判官，我还没回答第一个问题，你就给我找出来一大串新的。还记得你问我啥来着？它们为什么要追捕我？"

"好吧，那是为什么？"

"算了，我们跳过这个吧。我知道这一切是因为工作，我来这儿好几周了，从纽约来的，摄影师，也是策展人。"

第三章

"你能通过路障?"蒂博惊讶,"从外面进来?"

"哎,总会有办法的啊,你别装糊涂。能把你那枪挪开吗?本来我潜行得挺好的,至少我这么认为。可惜到了第八区,我意识到自己被那些军官盯上了,还有他们带的……狗。我穿过巴黎大皇宫往南走,他们肯定追着我不放。"

她真的知道自己在说什么?奥斯曼大道、香榭丽舍大街、弗里德兰大街、蒙田大街还有乔治五世大街:这些街道,还有临近它们的十六街和十七街,环绕着凯旋门的那一片区域,都是纳粹军的阵地、堡垒。

当然,这座城市里还有别的势力,就像第十区那些被警戒线分割开来,彼此隔绝的势力。纳粹党卫军的总部就在霍奇大道,最高指挥官仍然在皇家酒店行使权力,劳瑞斯顿大街成为了黑塞活跃团体的聚集地,卡林格,被称为法国的盖世太保,在这些街道上巡逻,还有他们最可靠的恶魔盟友。

整个区域都被纳粹军和恶魔封锁,其中保留了极少数巴黎平民,维持基本的城市生计,一旦超能体入侵这里,平民们则会被无情地驱逐出去。

罕有抵抗组织或是其他组织能够渗透进去,不管是突袭、偷窃、解放运动还是大规模的暴乱。上一次大概是多年前,整个巴黎都被叛军袭击。

戴高乐将军不出所料地被凯旋门的改变吓一大跳,大爆炸的噩梦过后，巨大的凯旋门安静地侧立于一方。石料内部是湿润的，像是巨人在小便。

蒂博和羽爪盟倒是很高兴，对于自由法国军来说，它是如此荒诞不经。他们秘密派遣了轰炸机飞往刑讯所、军营和政府部门，那些地方困着许多制定了各种奇怪法西斯计划的法国官儿。黎明时分，自由法国军开始战斗，烟雾和火光四起，凯旋门被炸，街道上到处都是沾有尿液的碎石。

那些碎石现在还在原地，不过都干涸了，戴高乐将军宣称他正在挽救巴黎的荣誉。

其实一切都是盲目行事，蒂博深知。此前在德朗西的进攻，对围城外的营地和对旧城的突袭，都失败了。这座封闭而神秘的马蹄状城市排斥自由法国军，这令他们感到羞愧。

而现在，这个外国游客声称自己是从控制区走出来的。

"我只是拍照而已。"她说。

"拍什么？"

"所有东西。我最后看到的是斯塔非尔宣传机构。"那是专门从事宣传审查的部门，法西斯用它来控制这座城市的艺术和宣传工作。还有狩猎，那可是个大问题。她打开背包，拿出一束捆得紧紧的胶卷。"用来做记录。"

她递过来一个，冲蒂博点点头表示同意。蒂博拉出一点胶片，让窗外的街灯照进来，眯眼看着那些微缩的景象。蒙

第三章

梭公园里面金字塔型的坦克向一群巨大的、头颅长得像镰刀的鱼开火。隐匿的超能体在空气中飞速游动。人形的支柱。蒂博凑近去看,原来是一个大卵石的女人,躺在草地上,她的双腿懒洋洋地伸在水里。

姗姆打开笔记本,露出她整齐的英文书写。

"一本书,"她说,"《新巴黎的最后时光》。"

沉默半晌,蒂博终于开口。"这是什么?"

"我要来制止这一切,"她疑惑地看着他,"难道你希望这一切继续?不会吧,局势不能永远这么持续下去,也不应该,已经够悲剧了,即使它结束。这座城市难道不值得拯救吗?"

蒂博拉开胶片,看到更多的图像,他很紧张,那些东西都是自己没见过的。就在他自己的城市里,他背后的城市,有这么多,形成了一个世界。真的,一切可以终结吗?

他仔细地看着她正在展示的东西——可以组成悼词的元素。这就是他生活的地方。

"在这里没办法冲洗,"姗姆说,"我没有显形液之类的东西了。得等我出去以后才能把剩下的底片显影。"

大概是士兵和魔鬼的底片吧,机动枪站、运输车辆,还有纳粹占领区。一本书的雏形,第一次,也是最后一次旅行。"我们需要这些,"她说,"等到一切都终结以后。"

他看到一间小办公室，墙上挂着纳粹十字军旗，桌上堆满了纸，她是怎么偷偷进去的？

  还有这个，是巴黎歌剧院，看看那像恐龙骨架一样的楼梯就知道。他眯起眼睛，沙巴奈[1]，这座伟大建筑的墙壁已经融化，光芒透过树脂闪烁，树脂环绕着悬吊的男男女女，他们身上昂贵的布料和配饰闪烁出涟漪似的波光。植物纤维傀儡，身形纤细，复合了花卉的形状，还有某种像埃德加·基内大道上的模糊人脸。蒂博皱眉看着一条胳膊，来自于一尊白色雕像的残骸，一张约莫六七英尺高的破碎人脸，躺在地基上，表情严肃，尘土如烟。

  然后他的视线扫过灰色的侧面，房屋大小的弧线。

  蒂博眨了眨眼。"那是西里伯斯。"他说。

  姗姆拿回了胶片。"够了，"她说，"你说的没错，那是西里伯斯。"

  巴黎最出名的超能体，大象西里伯斯。

  像是有着灰色背脊的大汤锅，体积约莫有仓库大小，朦胧的几何形状背上有个像牛角的行李箱，左右摇摆，跟小火车一样。

  "我也不知道怎么回事，"她说，"就是这么个东西，它速

---

[1] 卢浮宫附近最著名的妓院。

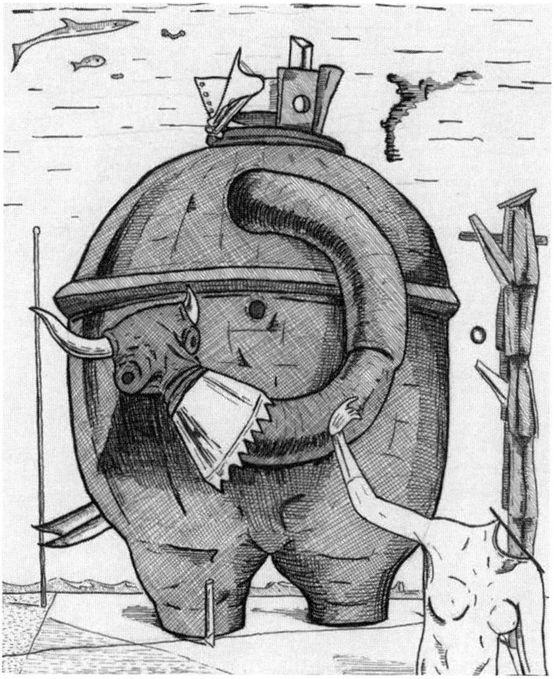

第三章

度可快了,我就来得及拍了张照片,然后就跑啦。匆忙一瞥。"

"你来这里还真是拍照的?"蒂博终于开口了,口气像是嘲笑,就像他没有渴望地盯着那些底片看似的,"就为一本书?"

巴黎的太阳并非空心的圆环,不是黑色,也没有暗淡,也没有像一枚闪闪发光的硬币,仿佛把天空这张纸戳出个洞来。这就是很寻常的一天。

蒂博和姗姆在十五区艰难地穿行,姗姆自称从来没见过这些街道,但她前行得如此自信,边走边检查她的书。一听到射击或者燃烧的声音,或者是可疑的超能体脚步声,她就赶紧匍匐躲起来。他们正穿过一条聚合的铁路线,不知道为什么,蒂博让她带头。

声音从下面传来,在桥底的阴影之下,冒出了黑烟,和地面形成鲜明的颜色对比。姗姆瞪着它,而蒂博则在观察它的走向,逆风而行,有点意思。

熏蒸艺术[①],烟雾怪的影影飘来飘去,在一个男人的身体上无声地闪烁,弄得他满身烟灰,用狂暴的阵风把他吹起来。

[①]一种超现实主义的艺术手法,用蜡烛或煤油灯在一张纸或画布上的烟雾形成构图。

它们停了下来，丢下了尸体，它们看到了蒂博和姗姆，慢慢地，烟雾上升了。他能看出超能体的犹豫，即使它们没有用眼睛在观察。他也能看出它们的犹豫很快就消失，有些东西改变了，它们无法控制。

"赶紧跑！"他说。

ⅲ

姗姆一边跑一边笨手笨脚地拿起相机。他试图阻止她，让她赶紧逃命，伸手去夺她的相机，但她用惊人的力气拍开了他的手。当他们跌跌撞撞进入十四区的时候，空气发生了变化。姗姆现在在蒂博后面，蒂博转身，看到她跪在突然变化的风中，她的一只手举着相机，一只手放在地上。

烟雾怪飘上来了，它们来到了桥上。蒂博的心跳瞬间加速，它们移动着，像是一团半凝固的污垢，它们来了，冲她而来。

他试图向那团烟雾怪冲过去，把它们赶跑。突然狂风大作，朝着烟雾怪猛吹，那团肮脏的物体挣扎着，可就是无法合并在一起，被吹得四散。它们竭力想稳定下来，但狂风的力量无与伦比，最终，烟雾怪发出了无声的尖叫，四下逃窜。

蒂博抬手搭在眼睛上，看着狂暴的空气归于平静。然后，他转头看着一脸茫然的姗姆。

第三章

"搞到了?"蒂博问道。她疑惑地看着他,他指了指她的照相机。姗姆仍然把它举在手上。

"噢,我想是的。"

这里闻起来像是维钦托利街了,一股子烟尘味。姗姆带路,他们来到一扇黑色的门前。

蒂博用睡衣的力量拆开了汽车的残留物,锈蚀得太厉害,那些金属被拆毁的时候都没发出声响。他把碎片堆在后面,姗姆打开了三脚架,拿出相机,对着查托街54号,那栋用灰色窗帘遮住窗户的房屋门口。

"那么,"蒂博问道,"这又是什么?"

"我已经拍了很多超能体了,"姗姆说,"马头的,还有你看到的那个石头女人,我还去过德洛卡德罗广场。"被摧毁的音乐厅在S大爆炸过后又回来了,里面有雄狮。姗姆继续描述的时候,变得兴奋起来。"但我要更多的,有多少要多少。最好所有的。如果我想的没错,"她说,"今晚上,这里会诞生特别的东西。"

"你怎么知道的?"

她指了指手里的书。"我能读懂书中字里行间的话。"

她告诉他,自己很小的时候梦想着成为一名女巫。这一切让蒂博觉得厌烦,他想,她一定很奇怪自己为什么还没跟她分道扬镳。

而姗姆想告诉他,自己是如何被那种艺术所吸引的,那种让整个巴黎沦为现状的艺术。

"首先是怪物图片,"她说,"魔鬼和妖怪的。巫婆、炼金术、魔法,就这么着。我可不是第一个走这条路的人。想想塞利格曼、卡胡恩、恩斯特、吉弗里,还有弗拉梅尔、布勒东吧!你肯定读过《超现实主义第二宣言》吧?'我要寻求的是对超现实主义深刻的、名副其实的隐藏。'"

"这不是他的原意吧,"蒂博说,"他说的是想寻找到哲人的点金石!"

"然后他说了要再次失去它。"

他俩彼此对望,姗姆甚至笑了。

"从恶魔,到博斯①,到达利②,"她说,"从他到所有的一切。宣言。这就是我来的原因。"

她犹豫了下,又飞快地说下去:"大爆炸开始的时候,就有迹象了。我收到大爆炸的消息就明白,我必须来。你只是

---

① 耶罗尼米斯·博斯,15世纪的尼德兰画家,其画作富含象征和隐喻,被认为是20世纪超现实主义的启发者之一。

② 萨尔瓦多·达利,西班牙加泰罗尼亚画家,超现实主义代表人物。

第三章

不明白,看着这一切变成这样,我心里是什么感受。"

"当然,我可忙了,忙着让自己不要变成这样。"

"我不是说你心里就好受了,"她看着飞过尸体的乌鸦群,"我站在画廊里。"她的声音听起来像是在回忆一个梦境,"每个人都在尖叫,一切都陷入了疯狂。乱七八糟的照片,从巴黎飞出来,所有的超能体。这是什么,那又是什么?可是我知道,我知道它们是显形的诗歌和画作,我知道自己看到了什么。"

自从大爆炸以后,策展人的专著和目录都成了史料。

"S大爆炸,"蒂博缓缓地说,"让它们接受了指令。"

她拿出一本《超现实主义的革命战争服务》,翻找了会儿,拿给他看。蒂博读出文章:"'关于城市的非理性修饰的某些特定可能'。"

"他们提出了建议。"她说。

很久以前,他也读过这个。现在又读一遍:令人愤怒的是,曾经的幻想,到现在都成为了现实。早在大爆炸开始多年前,就描述出了现在巴黎的模样。

"我很幸运,你听到我开枪了,"蒂博坐下来的时候,姗姆说着,"再次感谢你。"

"你在森林里找到幽灵鬼怪了吗?"蒂博说。看样子女人的冷静在他之上。"'化学似的蓝色,腐肉生出的枣树上,扭曲的机器'?"

"是的,"她说,"我拍到了它们的照片,它们会进入书里面。我需要毁灭。士兵,反抗军。"她拍了一张他穿着睡衣的照片。

"不会太暗了吗?"蒂博问,"我不是说这个相机。"

蒂博深呼吸,思考。沉重的精装书本、照片、颂词,爆炸过后巴黎的白天和夜晚。到底谁来写呢?

"这么说来,纳粹军看到你在拍照,所以要追杀你?"他说,"还带着那些狼桌怪。他们把你当间谍了,你拍了什么?"

姗姆检查她的相机。"我最想拍的是超能体,"她说着,蒂博捕捉到她语气中的厌恶,虽然她仍然热切,"没拍到它们我决不离开。"

他们听到了捕食者的动静,还有猎物的叫声。一只拳头大小、覆盖着羽毛的球体从撕裂的汽车外面滚了进来,带起一片灰尘。它展开躯体,中心是一只蓝色的眼睛。

姗姆盯着它。

"它在进食,"蒂博说,"它们靠注视生存。"告诉她一些她不知道的事情,这感觉真好。"你要是展示点鲜艳的颜色给它们看,它们会被喂得很肥,然后我们就可以抓它来烧烤了。"就是这肉看起来太过油腻。接着,一大群这种球体跟着第一个滚了进来。姗姆给它们拍照,它们看着姗姆。

第三章

蒂博决定跟女人多待一阵。

蚊子来了。"我听说你们那儿有座什么牢房,"姗姆说,"一个很大的,或许也是很重要的。有个什么计划,那里被伏击了。"

蒂博没有开口,也没有抬头,默默地分着食物。他有面包和熏肉,姗姆有巧克力,她说是从一个美国特工那里换来的,用谋杀任务。

"都在这儿呢,"姗姆看到蒂博盯着她,解释道,"这个地方到处都是,它们就在这里。"

"看样子那名特工一点也没恪守特工的保密原则。"蒂博说。

她笑了。"一开始还是有的,最后他们总会告诉你。"

当德国人封锁这座城市的时候,美国政府和其他国家一样,表面上对此表示愤慨,其实暗地里松了一口气。这些超能体和它们的能量——或者说,恶魔,会被限制在这里。

"但不能指望它们永远待在这里,"姗姆说,"只能说是放缓灾难蔓延的速度,但不能阻止它。"

她为他讲述了北非战役,太平洋上连绵不断的痛苦,还有整个欧洲的苦难。但蒂博最想知道的是有关巴黎的事情,他自己是当局者迷,可有关巴黎的谋杀任务是一片空白。

最近的街灯闪烁了下,又归于黯淡。一只动物飞到窗台上,像只有着猫头鹰双眼、带翅膀的猴子,看着他们。

一声巨响传来,它又忙不迭地飞走。这栋楼像破船一样呻吟。

房子里总有些东西在吱吱作响,有些东西在敲敲打打,还有些东西到处躲藏。

"把纸叠起来,"姗姆悄声说,"把它叠起来,然后什么东西会出来?"

一步一步一步,有声音传来,从树林那边。抓扯声,缓慢的咔嗒声,门吱吱嘎嘎地开了,里面比街上还黑暗。

蒂博屏住呼吸,小心地往前踏了一步,有东西从阴影中显现出来。

高耸、在摇摆,大概有三米多高。闪烁着光芒。

它站起来的样子,像是一个人扛着沉重的东西,两条整齐的腿在摇摆。它的腰部由线条构成,工业的分支。它有着倾斜的砧木状工作台,钻头和机械的部分高过了蒂博的头。他抬头凝视这一堆神奇的物体,在人类腿脚上方的机械部分有张紧箍的平台。最顶端,一张大得出奇、长满胡子的老头脸,正好奇地低头望着他。他那堆大胡子里还有一辆跟棍子

第三章

差不多大小的火车，烟囱的黑烟在胡须上飘散。老人头上顶着一只四肢细长的幼虫，它衔着一片特大的树叶。幼虫蠕动着，树叶抖动着，真是时尚又别致。

这是随机个体组合成的整体，它静静地站着。蒂博盯着它，它也盯着蒂博，蒂博第一次遇见的超能体就像它的表亲，那是好几年前，那个超能体还透过它的头盔盘问过他。

姗姆的相机"咔嚓"一响，"真精致。"她低声说。蒂博第一次听见她声音里充满了恐惧。"精致的尸体。"

充满敌意的声音震散了他们的敬畏之情，有叫喊声，也有枪响。黑暗中，德军冲过来了。

蒂博躲在汽车残骸和火堆后面，纳粹军后面有辆吉普车出现在碎石堆上，冲他们摇晃着冲过来，这些士兵在这里埋伏了多久？

蒂博朝冲过来的士兵开火，试图集中注意力计算他能看到的一切因素。士兵太多，他的心怦怦直跳，他伸手到口袋里，握住那张牌。这次，他觉得很及时。但精致的尸体正大步走向大路，士兵们惊呆了，纷纷朝它开火。它举起了四肢，空中所有的德军子弹，包括那些没有瞄准它的，全画出一道道弧线，朝它巨大的身躯飞去，钉在它的身体上，发出沉闷的响声。

其中也有不少子弹是朝蒂博飞去的。

士兵们带着奇怪的网和工具，他能感觉出来，他们打算用套索和陷阱捕捉超能体。蒂博看到吉普车里面有两个人，一个穿着厚重制服的司机，一个全身裹着黑衣的牧师。他瞥了一眼姗姆，她像是在祈祷般念念有词。蒂博甩了一下手里的绳鞭，之前可是见识过它控制狼桌怪的能力。

精致的尸体大步一跃，就在它跳起来的一瞬间，巴黎街上的所有人都有种自己身处某个蛇纹楼梯间夹层的错觉。

整个世界都扭曲了——蒂博、姗姆和精致的尸体，站在一个遥远的地方，远离纳粹军，远离一切。混乱中，一切突然间沉默下来。

超能体身上仍然缠着绳网，另一端连在远处的吉普车引擎上，滑轮转动，绳索越绷越紧，拉动着精致的尸体。

它像一匹好奇的马儿，往后退了几步，那双有着远古韵味的深邃眼睛注意到了德意志军队。它张开了下颌，胡须上的火车开始打旗语，它那机械身躯的锋利边缘扎进了地里。

白色裂隙，现实的边缘破碎。纳粹军待在另一边，看着汽车像脆弱的纸张一样被撕成碎片。

精致的尸体点了点头，纳粹军连滚带爬地跑了，仿佛一只看不见的手在背后推搡他们。

姗姆正朝着和纳粹士兵相反的方向逃跑，蒂博犹豫了

第三章

下，他的内脏如同被紧攥着，几近窒息，但他仍然缓缓地走向精致的尸体，用手里的绳鞭轻轻抽它。

在他的抽打下，超能体的身体好似中空的烤箱一般发出了回声。它慢慢转过身，低下人头，看了看他。蒂博往后退了一步，超能体蹒跚着跟上他。

"快点！"姗姆大喊着，远处的纳粹重新组织起来，继续开火。蒂博的睡衣拉伸成了一面像帆一样的盾牌，精致的尸体跟在他后面。

"你闻到那辆吉普车的废气了吗？"蒂博问。

"血烟，"姗姆肯定地说，"不再是汽油。肯定是恶魔帮助纳粹军改装了汽车。"

"他们在试图改变一切，"蒂博说，"就像狼桌怪。纳粹军在尝试控制超能体，而他们几乎做到了。"

"还好，不是这个，"姗姆不安地回头看了一眼，又挪开目光，"他们想都别想。"

它仍然跟在他们后面。

蒂博解开绳鞭，把这条能控制狼桌怪的绳索一端系在超能体身上的一个金属凸起上。绳鞭不是皮带，他也没把它绷紧，蒂博并不是想用它当绳子拴住精致的尸体，好在超能体也没反对。蒂博真心希望自己和这活生生的艺术品能够联系在一起，这样就像握着它的手一样。

♦♦♦

清晨，城市的一部分被夷为平地。他们呆在满是鸟笼的碎石堆里，有的笼子空着，有的关着安静又警惕的鸟儿。一片破碎的屏幕，一个开裂的玩具头，像被砸破的贝壳。还有一动不动的、小女孩似的东西站在那里，穿着白色裙子，眼神空洞，毫无生气。他们跟它保持距离，警惕地注视着它。前面，一张房子大小的婴儿脸像鲸背突然露出水面一样冒了出来，凝望着天空。它安静地待在那里，姗姆拿起相机拍下了它的照片。

在蝴蝶标本盒之外，他们还看到树上的帷幕，听到了幽灵般的枪声。这个地方，一向是鬼魂出没的狩猎场。

"这是托恩[①]的风景画。"姗姆说。

"我知道这是什么，"蒂博说，"我是羽爪盟的人。"精致的尸体掠过尘土而来，姗姆看着它，表情和之前那天晚上一样。她终于停了下来，这才转身看着超能体。

她忍不住抬头凝望，精致的尸体突然暴躁起来，跺了跺

[①]托恩，原名玛丽·卡米诺娃，来自捷克的超现实主义画家。托恩是她经常使用的男性代名。

第三章

脚。蒂博吓了一大跳,赶紧抓住绳鞭,试图让超能体安静下来。令他吃惊的是,居然成功了。

"它们不喜欢我。"姗姆说。

"超能体?"蒂博说,"不会的,它们对你没有任何意见。"

但他说服她去拿绳子的时候,精致的尸体龇了龇牙,姗姆吓得松开了绳鞭。

"它似乎知道你才是伙伴。"她说。

现在蒂博的直觉又变化了,超能体胡子里的火车喷出气体,像是某种有知觉的东西一样,跟着他。

天空中,一群飞鸟排成了一只大鸟的形状,须臾又变成一个跳舞的人形,在它们散开之前,姗姆拍下了照片。

"遇到你的时候,"蒂博突然开口,"我正准备离开这里。"

姗姆等着他继续说下去。

"之前,我遇到了一个骑着超能体的女人。"蒂博继续道。

"威洛车,"姗姆点头,"我是听说过……"

"你听说?"蒂博感觉到口袋里的牌在跳动,"好吧,我赶过去的时候,那个女乘客已经死了,然后我检查了她携带的东西……当然,我以为她是个特工之类的,就像你的巧克力男。"

"这很正常。"

"英国人,英国特别行动处,"蒂博举起了手里的绳鞭,

"她也用皮革控制超能体，或者说她试图这么做。我们可没这么做：或许我们早该试试。她身上有张地图，上面画着各种星号，还有笔记。"

"笔记？说了什么？"

群星点缀的巴黎。那时候他们从那女人口袋里搜出来脏兮兮的东西。

"大多数星号被画掉了，"蒂博说，"都是遗失物的名字，那些著名的超能体。"蒂博看着她的表情，明白她理解到了重点。"我想她是个收藏家，专门寻找艺术品收藏的，事实上她也被追杀，当然，也可能并非冲她去的。"

"她找到了什么？"

他感觉到那张牌在口袋里滑来滑去。"嗯，"他开口，"那女人身上什么也没。或许她发现那些东西都不见了，所以画掉它们的名字吧。"

"又或许她把它们拿走了，传下去了吧？"

他舔了舔嘴唇。"不管怎么样，"他开口，"我们用了那张地图。我和我的同志们，我们看了地图，最终去了布洛涅森林。"

"为什么？"

"因为那里有一颗没有被画掉的星号。"

"我是问为什么最终，你们为什么没有直接去那边狩猎？"

第三章

"噢,"他的眼盯着地平线,"我劝他们等一下。"他的同志们不知道为什么,但都接受了蒂博的意见。"我也听说过另外一个计划,就是你提过那个。不知道细节,只知道有伏击。所以我想我们该按兵不动一阵,等待消息,万一成功了……"她什么也没说,所以他只能继续。

"可惜,没有,"他的声音低下去,"出问题了。夏布朗、莱昂·马莱特、蒂塔,还有很多人,都死了。"

"我听说了,"姗姆说,"你知道发生了什么吗?"

"我想敌人已经先听到了风声。他们率先出击,另外他们还拥有一些……武器,"他咬了咬牙,"我不知道那究竟是什么,但我们的人——最厉害的那一拨,都死了。最好的,最厉害的。纳粹军一定做好了完全的准备才进入那些街道。"本来他也应该跟战友们一起的,那么他现在就已经是个死人了。

也许他苟活下来,是为了改变什么吧。蒂博也曾经跟劳伦斯·伊可①一起并肩作战,对抗卡林格。一天,在昏暗的灯光下,两个人在巡逻,伊可带着他这个菜鸟走遍了这片区域。谁也没想到,在这片破败不堪的安静地段,他们中了埋伏。

他惊慌地尖叫,一边跑一边试着开枪,一边脑子拼命回

---

① 超现实主义女诗人。

想着训练时候该做什么。当他转过身,半蹲下时,看到伊可穿着一件脏兮兮的裙子,就这么站在那儿,手里还点着烟,她完全不管周围的子弹,抬起了右臂。

只听她咆哮一声,一只大得出奇的雄鹰出现了,径直往聚在路上的军队扑去。蒂博吓得蜷缩着身子,看着雄鹰的翅膀拍打着纳粹军,把他们逼得四散逃窜。伊可又念了几句什么话,把一只毛毛虫变得跟马匹那么大,还长了个邪恶的鸟头。毛毛虫跟着雄鹰在废墟上狩猎。蒂博听到哭喊声,还有水声。伊可不知道从哪儿弄出来一个浴缸,里面装满了闪闪发光的镜子碎片,她抓出一把,朝着那个面无表情的盖世太保指挥官脸上扔了过去,所有的碎片都朝他扑过去。指挥官尖叫一声,然后就是闪烁与血光。

"我亲眼看到伊可显形了自己诗歌里的东西,"蒂博说,"很少有人能做到这个。"

"也许你的战友们都有自己的秘密武器,"姗姆说,"我倒是听说过。"

"你老是听说这个听说那个,我都不知道。我不知道他们有没有自己想要的东西,如果存在的话。"

"好吧,总是有各种故事流传嘛。关于战斗,关于超能体,不管是他们——嗯,你们的——还有纳粹军的——"

"我听说过各种谣言,"蒂博打断了她的话,"要是有什么

第三章

秘密武器，他们还会被干掉吗？你觉得呢？"

"这就是你要离开这里的原因？"过了好一会，姗姆才开口。他没有回答。"那在森林里又发生了什么？"她追问，"你到底找到了要找的东西没？"

"我他妈早就该离开了，"他说，"一听到惨败的消息就该走。他们都去了，就留下我一个人。我们留下来，决定跟着地图走。"

他的牢房，围着火堆，为死者而祝酒，他们的身份甚至还不确定。然而，从那些已经传来的谣言——虽然扭曲和失真得令人发指，但他们已经明白，失败的攻击改变了一切。机会已经失去，胜利的天平不再倒向他们这一边。听了那个消息后，今夜无人入眠，他们不确定消息的真假，但心里却大都清楚那是真的。他们聚在一起，静静地交谈，试图回想上周城里那场轰轰烈烈的行动，同志们一个接一个倒下的景象，一切都怪那个独裁专制的法西斯政权。

逝者已矣，然而，蒂博的要求让战友们表示困惑。他从来没在战友面前提起过有关自己引路人的故事，什么也没说。他的手指摩挲着口袋里的马赛卡牌，想起了那个带它前来的侦察兵，而他拒绝了对方的请求。

在他拒绝以后，那个冒着危险前来的女人没有再说什么，换作其他人可能会继续恳求或者坚持，但她只是沉默了好一阵，再看了看蒂博的眼神，似乎读懂了他的坚持。她一言不发转身走上了楼梯。

犹豫了一会，蒂博追了上去。他看到伊莉丝站在一楼半开的后院门那儿，门边的墙破败不堪。夜色和街道都寂静无比，那个他的同志们都没看到的女人，又用同样的方式消失在夜色中，她所提到的计划已经把蒂博排除在外。

后来，那些名字，埃罗尔德、罗法、里乌斯、伊可。成为了令人痛心的名单。

"好了，"他对姗姆说，"我稍后必须离开，从森林背后。"他低头看了看自己那件肮脏的睡衣。"是的，我们找到了要找的东西，嗯，我是说，我们怀疑英国人想要寻找什么，然后我们也去找，不对吗？"

最后一次机会。某天早上，他们醒来，发现塞德里克已经离开了。"去他妈的。"皮埃尔说，但是他们都知道，没有了牧师，在对抗恶魔的时候会艰难许多。蒂博打开了间谍身上的地图，提出了一个计划。

新巴黎的圣心堂仿佛穿上了一件黑色油漆刷过的粗糙外衣，曾经华丽的玻璃拱门往外延伸了好几米远，变成了有轨电车通行之路。蒂博和他的队友们跋涉来到了教堂的阴影之处，那里的铁轨像蜥蜴尾巴一样摇晃，抽打着路面和屋顶，

第三章

仿佛金属的鞭子，忽然移动一下，忽然又陷入地底不见了，仿佛和土地融为一体，成为古老的建筑物。突然，它们又伸展出来，突然，又变换了位置，突然，又消失。

每隔几分钟或者几小时，就有一辆无人驾驶的车，从洞穴般的教堂里冲出来，沿着那些昙花一现的轨道，疾驰进城。

羽爪盟的成员们找到一个地方，静静等待。他们用肌肉结实的胳膊爬上爬下，蜷缩在街角的露营地，观察超能体，警惕纳粹军和恶魔。所有人都陷入了绝望，他们在想失败的原因。鹅卵石地面四处移动，他们等待着，几乎很少交流，只是看着变幻的地面和那些出问题的列车。

过了整整一天一夜，蒂博突然瞪大了眼睛，看着一辆有轨电车像虫子一样从洞穴里出来，朝他们飞驰而来，车门玻璃上写着"布洛涅森林"。

"快！"他说，"赶紧！"

羽爪盟的成员从隐蔽地跑了出来，挥舞着手里的抓钩，在列车经过的时候钩了上去。

"让失败了，"蒂博回忆起当时的哭叫声和跌落声，"他动作慢了。但其余人都成功登上了列车。"

当有轨电车行驶到北部公墓，冲到墓地中，带起一片泥土和墓碑时，他们兴奋地发现了破碎的窗户。铁轨在面前出现，须臾沉入了地里，有轨电车四下探寻，他们待在里面。

新巴黎的最后时光

进入到十七区加纳龙街,凶狠地冲进了多唐古、勒让德、拉克鲁瓦街道上的诸多大楼废墟。车外的灯光映着内壁,外面的铁轨再一次模糊不清。

"我们速度很快,不会被抓住,"蒂博说,"哪怕我们经过了纳粹军控制的地方。"

他们感到害怕,列车突然从楼梯上盘旋而下,进入维拉斯地铁站,跳上老旧的备用铁轨,进入了隧道。外面磷光闪烁,黑暗中似乎还传来幽灵般的号叫。游击队员们被吓坏了,直到列车又重回地面。

在马约门站,铁轨在汽车进入树林之前就消失了。树枝和树叶不停拍打窗户。他们的速度慢下来,四周被绿色包围。终于,发动机在一片空旷的地方停止了运转,轻轻抚摸那些让它停下来的绿色缓冲带。

城里的战士们在这片梦幻的森林中搜索了整整两天,把列车留在灌木丛里。他们根据死者的地图,在这片区域里绕着圈,一点一点检查。

他们还抓到两只狼桌怪——野性难驯、暴躁易怒,还有着像狐狸的地方。战士们用狼桌怪的木质部分生火来烤它们的肉质部分。据说吃了超能体的肉,会让你的身体有所改变。

"到底是什么怪物把你的同僚们带走的?"姗姆问道。

她以为他们遭遇了怪物?硕大无比,外观平平的超能

第三章

体,身上带着抽屉,弹射出各种子弹的?还是"咔嗒咔嗒"的贝尔默玩偶,有着圆球状关节,在地上爬来爬去的那种?或许她还想象着一群恶魔和纳粹召唤者,党卫军挥舞绳鞭,驱赶着硫黄钟乳石一样高大的野兽来袭击他们。

不。

他们最终找到了宝藏,有着星星标志的睡衣。

它们在树上飘舞,风吹着睡衣,猎猎作响,猫头鹰在一旁观看。蒂博和同志们在朦胧的月光下注视着它们,停下了脚步。过了一阵,众人才蹑手蹑脚地靠近。

"我想,它们最应该出现的地方,或许是塞纳河边,"蒂博喃喃自语,"'我的睡衣有着蔚蓝的颜色,锤炼了镶金的香膏。'"他引用了西蒙娜·优的诗歌《睡衣-速度》,摘自诗集《正当防卫》。这些睡衣的布料就是用《正当防卫》里面的材质制作的。"我没有去拿睡衣。"

皮埃尔冲在最前面,伸手去够布料,树上的枪弹把他击倒了。

"我们都冲上去掩护,"蒂博说,"我们被发现了,被跟踪了,不知道从什么时候开始的,当然,肯定是在离开列车以后。当时我就跟在皮埃尔后面,伸手抓住了睡衣。"他用手指了指自己身上的衣服,"我展开了它,所以没有被打伤。"

是什么人追着他们前来？是什么人会干这种无意义的工作，只为寻找宝藏？

不是穿着纳粹制服的军人，不是显形于艺术的野兽，也不是来自地狱的恶魔。只是一群凶恶庸俗的法国男女，靠偷窃为生，偶尔也干点杀人越货的勾当。他们跳进了游击队员们的视线，发出野蛮的吼叫，发起袭击。

蒂博穿上诗歌睡衣后，第一拳就击碎了一名匪徒的脸。子弹打在他身上，他毫发无伤，尽管他拥有新的力量，但仍然痛苦地看着队友们死去。他穿上睡衣以后的动作实在是太笨拙了。

他猛地一跳，跳到了好几米外，还跌倒在地，而他想加入的战场在身后好几米。真是恐怖的悲剧。一个男人在背后捅了伯纳德一刀，一记枪响，击中了布丽奇特，而蒂博这才跟跟跄跄地赶来救他们。

有两名伏击者被羽爪盟的成员击中，但匪徒们也设法窃取了几种超现实主义手法。蒂博看到伊莉丝尖叫着变成了一团乌云，他跑过去想要把她聚拢，可惜她已经烟消云散。帕特里斯在跟一群无法毁灭的啄木鸟作战，后来被活生生吃掉了。战友们接二连三倒下，蒂博奋力反抗。

最后，幸存的匪徒们逃跑了。蒂博跪在地上，穿着睡衣盔甲，穿着他们要寻找的财宝，跪在死者中间。

第三章

"不是恶魔,"他静静地对姗姆说,"也不是超能体或者纳粹军,只是一群巴黎人。"

*我要走了。*他告诉自己要从悲伤中走出来,周围的朋友都被杀害,这是活生生摆在面前的事实,而不是那些看不见的领袖所鼓吹的什么灾难。就在此时此地的谋杀。*我完了,任务一片空白。*

他出发了。

我已经完结了这个梦想。

"我可以帮你出版。"姗姆说。

蒂博不禁扪心自问,为什么自己没有花费睡衣最后的能量,冲出这片废墟,远走高飞?离开废墟般的巴黎,离开废墟般的法国,把一切抛诸脑后。这真的是这座城市最后的日子吗?

"这将是一本漂亮的书。"最终,他开口。

"你能帮上忙的,"她说,"我可以让你知道它会怎么出版,但,首先我需要更多照片。"

他想要这本书。他慢慢意识到这一点。他想帮忙。

蒂博已经学会服从自己的直觉。

另外,他也想知道姗姆真正的使命。

他握住精致的尸体的绳索,他不知道自己做了什么,或者是拥有什么特质，让它跟随自己，但他心跳一直在加速。要是那时候你跟我在一起多好，他心里暗暗想着，在森林里的时候。

※※※

"那个英国特别行动处的女人，"姗姆说，"你说过，她可以控制威洛车。"

"嗯，至少她努力在控制。"

"听说有各种各样的实验，不止是艺术范畴，还有神秘学，"她抬头看着天空，"盟军在针对超能体做各种工作，纳粹军也是。盟军还致力于粉碎恶魔。我听说纳粹军牺牲了不少来自波德莱尔①的一些超能体版本。"

蒂博什么也没说，他有些怀疑她关于波德莱尔的那些话，那是他同源的兄弟。

"当我进来的时候，"姗姆说，"我听说过有更多'恶魔处置者'正在来的路上。"

那是群军事专家，根据有争议的条约条款，用一些小把戏和咒语哄骗恶魔难民。他们和巴黎的法西斯教堂密切合作，仔细研究文物和流放书籍，身带石膏十字架，顶着基督

---

① 法国十九世纪最著名的现代派诗人，象征派诗歌先驱。

第三章

的名义，而脚下绘着满是怨恨眼光的恶魔。"为了上帝的荣耀，"阿莱什曾经宣称，"我们弯曲了他的十字架，以上帝的名义，我们不仅可以命令纯洁的天使，也能命令那些堕落的天使。"

他的命令，其实是与魔鬼做交易。阿莱什的牧师并非驱逐恶魔，而是对抗驱魔者。

"我一直听到这类的故事，"姗姆说，"有关新的因素，有关某些被称为'堕入腐朽'的东西。"

PART FOUR
第四章

PART FOUR

1941年

"我简直不敢相信,"玛丽·杰恩·戈尔德的声音颤抖着,"在他给我带来这么大麻烦之后?他带来了我们从来没见过的人?他疯了吗?"

"我不知道,"米里亚姆·达文波特说,"你看到他了——他那样子真的很诡异。"

听到福莱沉重的脚步声,玛丽·杰恩把手指放在嘴唇上,福莱瞪着两个女人,达文波特是个矮个子,而戈尔德身材高挑。她俩并列在一起真是荒谬又完美,站在黑木桌边,桌上放着一捆捆药草和半瓶子酒。

"我很抱歉,不过这情况不一样,"他最后开口,"我都听见了,很抱歉,玛丽·杰恩,雷蒙德是个罪犯,他是闯进来的。"玛丽·杰恩双手叉着腰站在那儿听着。"而这个杰克,这个杰克·帕森斯……他只是个迷路的年轻人——"

"你也不清楚他的身份。"米里亚姆说。

"他对卡胡恩女士的名字表示非常兴奋。"福莱说。

"你也不认识那个人啊。"米里亚姆继续说。

"是不认识,但安德烈告诉过我她的情况。还有,帕森斯对这场运动很感兴趣……我只是邀请他跟我们共进晚餐而已,"他恳求道,"我想他会让安德烈和杰奎琳很开心的。"

"难道不是你说的,不能邀请任何迷失的灵魂?"达文波特说。

"有些事情即将终结,"福莱说,"难道你没感受到?"他被自己的话吓了一大跳。

他自己主动选择离开别墅,而不是为了妥协,只是因为他太引人注目了。他很痛苦,必须禁止自己的朋友维克多·瑟奇住在里面,因为共产主义异议者太危险。而现在,他倒是带了个奇怪的人进来。

"帕森斯说他是火箭科学家。"米里亚姆说。

"所以意思是,他是个幻想家,"福莱无可奈何地说,"他是个无害的人。"他都不知道自己在说什么,"我想一切都会好起来的,只是吃顿晚饭而已。"

♟♟♟

老旧的房屋很漂亮,有种古朴的美感。杰克·帕森斯望向枝蔓横生的庭院,一个女人和一个男人坐在池塘边聊天。

第四章

另一个人爬到树上,从树枝上取下照片,那里挂着不少照片,像是个奇怪的展览。帕森斯乘坐火车和飞机,漂洋过海来到法国,目的在于拉拢和贿赂。不过看来这时机完全不对,一切都对他不利,简直是太糟糕,官方的阻挠不可理喻。他那迫切而毫无用处的流浪似乎注定要失败,除了意志,他没有什么可以坚持的。以前在美国,强悍的实力也得屈从于智慧之下。就像阿莱斯特·克劳利教过他那样,他制造的火箭腾空之时,他低声诅咒。他习惯于仔细地去理解这些行为,看看这个世界会对此作何反应,不管是用何种微妙的方式。

而现在,在欧洲,没必要这么努力地分析后世的数学,在这里,一切效率惊人。

他想朝宇宙发出指令。他想对警卫说:"你已经查过我的机票了。"他会努力让自己不引起警察注意,把时间拖长,以便多跟人结交。如果列车出现任何小小的故障,他都会觉得很高兴。这样或许他能坐到个不错的位置,警察会放松警惕,让他有机会逃跑。火车会颠簸着回到三四秒前曾经所在的位置。

随心而为,合君所愿。魔法的力量从下面传来。这让他感到兴奋,又觉得有点犯恶心。这些部署总让他觉得不安。或许在这儿我甚至能读人心,他想着。

当他穿越边境，离大海大概几英里，当他拖着家用工具来到法兰西海域，杰克已经感到那股力量逐渐强大。在法国，有些事情是绝对正确或是完全错误的。

当然，他试探性地读了下瓦里安·福莱的思想，巧妙地驱使对方接受自己的来访。

"让我们再试一次。"杰克悄声说着，隔着遥远的距离，跟他的老板和朋友冯·卡曼说。

西奥多·冯·卡曼[①]曾经带领杰克在航空实验室工作。出于对他的喜爱，冯·卡曼对他相当纵容，容忍他的怪癖，理解他奇特的幽默感。起初他们主要谈论火箭和数学，然后才涉及政治。帕森斯是东方神殿教信徒，不习惯赞美大多数人类，而冯·卡曼则是例外。

自打消息从欧洲传来，冯·卡曼看上去很不舒服。"麻烦大了。"他说。

正是冯·卡曼告诉杰克，布拉格有着可以改变欧洲局势的东西，当然他不知道杰克已经有计划了。卡门认为这只是传闻，然而，杰克知道真相，从另一位老师那里得来的真相。冯·卡曼教授了他严谨的数学和火箭学；克劳利则培育

[①] 匈牙利犹太人，1936年入美国籍，是20世纪最伟大的航天工程学家，开创了数学和基础科学在航空航天和其他技术领域的应用，被誉为"航空航天时代的科学奇才"。

第四章

了他的精神，教会了他其他东西。一位告诉他布拉格有着某种力量，而另一位则给予了他洞察力，让他明白那股力量确实存在。

然而现在＿＿去布拉格了，但，似乎是巧合，这间充满了＿＿＿＿屋子，他们也忠实于反抗现实。或许在他们＿＿＿＿自己本来在追寻的、具有转化功能的力量。

"他们想释放无意识，"福莱告诉他，"也就是欲望。"他耸耸肩，"你最好还是问问他们。"他还补充了一句。但帕森斯并不想这么做，不过他明白了为什么卡胡恩同时出现在这个群体和克劳利的计划中，他们的目标是一致的。

我可是阿加普·洛奇[①]的领袖。伟大的巫师克劳利亲自挑选和祝福的年轻科学家。我是自由的使徒，就像这些家伙，来帮助我的朋友们。

杰克·帕森斯适应了邪恶，他能够觉察出在法国领土之下的地狱中，有魔法在滋长，他确信这能够给他带来帮助。

于是他检查好工具，穿好衣服，准备吃饭。当他走进餐厅的时候，每个人都转头看着他，他犹豫了一下。

加油。他告诉自己，你来这个地方是有使命的。

[①]东方神殿教的一个分支组织。

画家、诗人、无政府主义者、赤色分子,一位冷静的金发女郎向帕森斯伸出手,自我介绍名叫杰奎琳·兰芭,杰克礼貌地点点头,跟着她去见她的丈夫。

安德烈·布勒东,脸形圆润,留着一头卷发,他倦怠地半眯着眼睛打量眼前这位年轻的美国人。帕森斯终于亲眼见到这位诗人。"我想跟您打听点事情,"帕森斯开门见山地说,"有关艾思尔·卡胡恩。"

"我不会说英语①。"布勒东耸耸肩,走开了。

杰克皱了皱眉头,喝下一杯酒。一个黑瘦的人走过来自我介绍。"我叫维尔弗雷多,维尔弗雷多·拉姆。"雷米蒂欧斯·瓦罗②,一位画家,黑发,目光敏锐,冲帕森斯点点头,似乎对他没什么兴趣。一名高个子女人,卡伊·塞奇③,歪了歪头。杰克一一向他们打了招呼,目光始终不离布勒东,对方看来不想跟他交谈。一位名叫唐吉的男人,突兀地发出洪亮的笑声。这群超现实主义者穿着破旧的晚礼服。"杰克·帕森斯,"福莱对着一名笑容可掬的绅士介绍道。那是本杰明·

---

① 此处原文为法语,Je ne parle pas anglais。
② 西班牙裔超现实主义女画家。
③ 美国超现实主义女画家,诗人。

第四章

佩雷特[1]，他冲着杰克微微一笑，玛丽·杰恩和米里亚姆在一旁看着。"他被纳粹军困住了。"福莱接着说。

"纳粹？你知道托洛茨基[2]？"佩雷特问。

"大概知道吧。"

"他说法西斯是人类里的尘埃，"佩雷特有力地点点头，"他说的没错。"

"他们对你有什么看法，帕森斯？"有人在问。

他们坐下来享用只用盐调味的炖蔬菜，帕森斯深深地吸了一口气，从被魔法玷污的土地上汲取力量。他们知道吗？他想，到底发生了什么？

他和这群艺术家、激进分子、作家、哲学家一起坐在艾尔贝尔别墅，内心在滴血的美国人想要偷偷溜出法国。我在这里到底做什么？他绝望地看着食物。

"外国人现在得随身携带至少七份证明。"玛丽·杰恩·戈尔德说。她为什么用这种目光看他？难道他问过这些消息？杰克觉得有自己脑子有点混乱。

"你还真别说，"杰克应道，"这太疯狂了。"

"瓦里安说你是个科学家。"

---

[1] 法国诗人，巴黎超现实主义组织创始者和核心成员。
[2] 俄国无产阶级革命家，十月革命直接领导人。

"是的,我研究的是……"他的手在空中划过,"火箭。"我他妈用希腊火来制造炸弹,你们得感激我。

"你知道我们的客人制作了一套牌吗?"米里亚姆说。

"我不知道。"

"没错,"兰芭笑着说,"我们跟你一起玩。"

▶▶▶

被困在马赛腹地,这场提前的流放,超现实主义者们绘制了新的套牌,一场图画的叛乱。梦中的黑星、黑锁、钥匙孔,这张是知识;红色的火焰,这张是欲望;轮子代表革命。他们把挚爱的人画在牌面上,萨德、爱丽丝、波德莱尔、黑格尔、洛特雷阿蒙。

"据说,最终还是得把它们打印出来。"福莱有些费力地说。

"玩卡牌本身就是反抗。"兰芭带着浓重的口音说。

你们就是这样反抗的?帕森斯的厌恶之情无法掩饰,在一个满是盖世太保、告密者、法西斯和军队的小镇里,这就算反抗了?

布勒东终于迎上了他的目光,带着挑衅的意味。

"我看到镇上有两个男孩,"米里亚姆对某人说,"每个人

第四章

带着两根鱼竿，交叉背在背上。明白吗？两个高卢人[①]——这是个双关语，谐音，戴高乐。他们在表达自己的立场。"

让我赶紧离开这儿吧。帕森斯想着。

"究竟是什么风把你吹来的，帕森斯先生？"玛丽·杰恩尖锐地说，"这个时间来旅行简直是太奇怪了。"

帕森斯无法继续跟访客们聊天，他们的姓名、专业知识和哲学立场都无形地向他发出嘲弄的笑声。

过了一会，一个瘦弱的年轻人走了进来，玛丽·杰恩高兴地叫了一声，走到他跟前。米里亚姆却怒气冲冲地站起身，但瓦里安·福莱拉了下她的手，让她坐下，只是他自己也忍不住对新来的人皱眉头。

雷蒙德·库劳，挽着玛丽·杰恩的手臂，缓缓打量着房间。布勒东抿紧了嘴唇，往别处看去。

"我确实告诉过安德烈，你在打听有关卡胡恩的事情。"帕森斯听到福莱在说话，卡胡恩的名字吸引了他的注意力。布勒东对他点点头，表示有兴趣。他说了几句话，福莱翻译给帕森斯，"她确实之前拜访过布勒东，这也是把她的名字放在小册子上的原因。"

[①]此处原文为法语，Deux Gaulles。

仅此而已，这些人，什么都不是。帕森斯想着，什么都不是。

"形势对我们太糟糕了。"冯·卡曼对他说过。对他的家人、对欧洲的所有犹太人而言，确实如此。"我的曾曾曾曾——不记得有多少个曾了，反正很久远——曾祖父，"他说，"是一位拉比，名为罗乌，罗乌拉比，你知道他吗，杰克？来自布拉格。为了保护犹太人的安全，他创造了一个巨大的泥人，并且赋予它生命。你知道是什么造就了他吗？第一位应用数学家。"

冯·卡曼喜欢这个笑话，经常重复给他讲。杰克也喜欢，不过是出于另外的原因。冯·卡曼是对的：创造生命，本质上就是教授沉默的它学会说阿尔法，是从零到一的进步。杰克读过所有关于罗乌拉比的文章，那个虔诚的人通过努力得到了胜利。

火箭的弹道轨迹，彩虹状和重力共同造就。在他对纳粹的呐喊和反抗中，帕森斯耗尽所有精神，终于推演出召唤术的算法，数学仪式，巫术计划。

我要去布拉格，他最终决定，再一次检查所有的证据。我是个工程师：我要制造引擎。我要去犹太人的聚集区研究数学，我要把那个魔像拿回来。

第四章

他可以做到。他期待它摇摆的脚步,厚厚的黏土手掌劈开暴风雨般的骑兵,净化整个城市,这将动摇整场战争。管它呢,他想着,我必须这样做,为了神赐。

而现在,他被战争和魔鬼科学困在了法国。杰克·帕森斯在福莱借住给他的屋子里打开了备用引擎,这个引擎是他为了让数学理论成为现实而制造的,展开就是他的全世界。

电池组、传感器、算盘、电线和电路、晶体管。

卡胡恩,克劳利最迫切想要找到的人,也是布勒东的合作者,她是关键所在,对吧?

但是看看,四处看看吧,看看这偏僻的小镇上这个荒谬的房间,杰克身在光纤相位传感器和艺术家之间,他的时间被浪费了。

PART FIVE
第五章

1950年

蒂博一直念叨着英语里的"堕入腐朽"这个词,一个咒语?两个动词?或者一个形容词加名词?还是单纯指的季节性落叶?①

"这个词意思是红色方案,"姗姆说,"这是德语②。我认为这是大事件,"她专注地看着他。"你听说过这个词。"

谣言横飞的年代,巴黎的游击队员总能听到各种关于他们敌人的故事。比如梅洛的鲁迪、布伦纳、戈培尔和希姆莱,或是威廉·乔伊斯、勒巴泰甚至希特勒本人。那是些神话、传闻或是些荒诞不经的鬼话。

"你知道一个叫格哈德的人吗?"蒂博问道,这个名字他只听说过一次,在那个垂死的女人在他耳边低语时。

---

①此处原文为Fall,在英文中除了"落下",还有"秋天"的意思。
②此处原文为Rot,德语中"红色"的意思,跟英语中"腐朽"一词拼写相同。

"沃尔夫冈·格哈德,"姗姆缓缓地说,"没什么大不了的,不过我听说过他。边境上纳粹国防军的一名逃兵把他的名字卖给我了。他说是在闲聊中听到过的,就在说起红色方案计划的时候。我刚听说红色方案的时候,在塞瓦斯托波尔,现在那地方真是糟透了。满地恶魔。"她露出一个奇怪的笑容。

"你说的这个人,他已经来到巴黎了,准备充分,"姗姆说,"他不在乎什么恩斯特、马塔、坦宁、菲尼,他只要那些'东西'。他有着某个人——嗯,你心知肚明是谁——的电话,那就是,"她伸手比画了下,"一只龙虾。还带着线,你要是把它放在耳朵上,它会抓住你,用腿缠住你头发,但是它可以告诉你不少秘密。不过它从来没对我说什么,它不喜欢我。但这个人,曾经告诉我,它对他透露过秘密,'红色方案即将到来。'"

"这就是你来这里的原因,"蒂博恍然大悟,"是来看这个红色方案的,而不是拍什么照。"他感到自己被欺骗了。

"我当然是来拍照的,为了《新巴黎的最后时光》,你忘了?"她的情绪有一种他不能理解的愉悦,"当然还有点其他的事情,有一些其他的信息,这倒是真的。你没必要一直跟我在一起。"

蒂博在废墟中召唤出了精致的尸体,姗姆被它吓得后退

第五章

了几步。"他们在追你,"蒂博说,"这么说你照了点什么东西,让纳粹军都要来杀你灭口。到底是什么东西这么不可告人?"

"我也不知道,"她说,"我照了好多照片,但是得等我出去把它们都洗出来才能搞明白这个问题。但是现在不是出去的时候,我不能离开,还得拍更多照片。再说我根本不清楚到底发生了什么,你就不想知道有关'红色方案'的事情了?"

蒂博想要的东西终于浮出水面,摆脱追踪者,找出那张害得姗姆被纳粹军追杀的照片,想办法用这个来对付他们。但让他吃惊的是,自己身上仍然流淌着的某些东西,即使是现在,仍然忠于那个巴黎,他被姗姆的书、天鹅之歌和向这座尚未死亡的城市告别所鼓舞。他想亲眼目睹这本书的问世,所以还得拍摄更多照片。当他想着要离开的时候,脑子里一片混乱。真是疯狂,他想着,*但不行,目前,不行。*

这本书很重要,他知道这一点。

他想象着超级大的书本,装订在皮革中,有着手绘的纸页。或者另一种,粗糙的版本,由那些私坊印刷厂印刷出来。蒂博特别想抓住它,看着墙上那些照片,上面的裂缝在窃窃私语,钥匙的蚀痕在移动,这些不可能之事物,是他曾经与之战斗过的,而现在,和他一起在行走。

他们是在寻找图像,还是有关红色方案的信息?不管怎么样,蒂博决定,他们必须寻找下去。

他跟着姗姆走过北面的建筑群,整修过的车辆仍然排列在街道上,巨大的向日葵挤在建筑物之中。一名游击队员双手交叉地握着步枪,斜靠在窗户边,在顶楼看着他们。她举起一只手向蒂博示意欢迎他回来。

姗姆拍照,他们轮流睡觉。黎明时分,一只巨大的鲨鱼嘴微笑着出现在地平线上,像一个愚蠢的天使,默默地咀嚼着天空。

男男女女除了艰难生存以外,什么都顾不过来。他们抬起铺路的石头,耕耘下面的土地,在多变的废墟中艰难地耕种,对抗地狱般的恶魔和野性的妄想。在小镇的一两条街上,为了安置小孩,人们盖起了简陋的房屋,并设置了路障。

蒂博他们离其中一间房子很近了,原本的地窖填满了散发着腐烂气息的沙砾,蒂博在这里放慢了脚步,他感应到了什么。他示意姗姆也停下,指了指,坑里有湿滑的骨头。

旅行者们静静地看着,污泥里有东西在抽动。管状零件的圈套互相纠结,缠绕又解开。巨大凶猛的椭圆形头部冒了出来,一阵水流声响起,伏击宣告失败。

沙状的东西透露着一股傲慢,丑陋的东西从英国的绘画

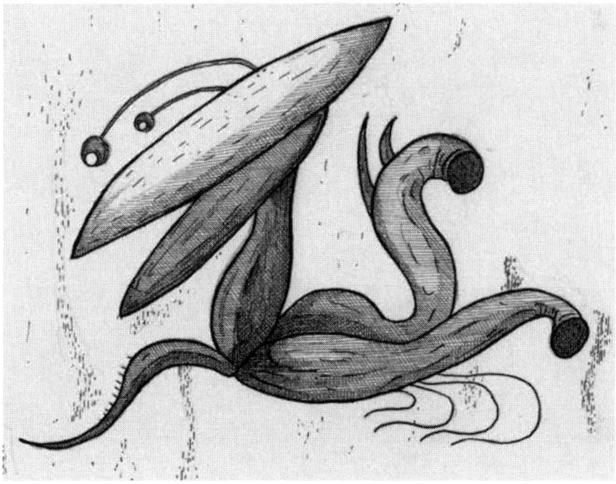

第五章

中显现出来。它的眼睛盯着周围植物的茎秆，从它四周的残骸来判断，它吞食植物和瘦骨嶙峋的马匹，像它的大多数同类一样。

姗姆给它拍了一张照，那东西嘶嘶作响。当她完成后，蒂博托住步枪，靠在残墙断壁上。他专注于自己的核心。

他的瞄准水平不算太好，但专注可以增强杀伤力。他的技术很精湛，精致的尸体也可以帮忙。当他把子弹射进洞里，里面的东西打滚翻腾，发出尖叫。匆忙中，火焰迸发又熄灭，像是巨大的火柴尖端，燃烧过后熄灭了。

一股烧焦的气味传来，超能体死了。

蒂博和姗姆走上前去，突然听到有人叫了一声："嘿！"

附近的路障上方，升起一张警惕的面孔。一个裹着头巾的女人面露坚毅之色，扔过来一袋面包和蔬菜。"我们看到你所做的了。"她说。

"谢谢你，"一个戴着平顶帽的青年一边说，一边低头看着手里的步枪，"我没有冒犯的意思，但是你们赶紧走开，滚远点！"他看着精致的尸体。

"因为这个？"蒂博说，"它不会给你们带来任何麻烦。"

"滚开，你们这些纳粹分子。"

"什么？你叫我什么？"蒂博喊道，"我可是羽爪盟的人！"

"就是你们带来了这些鬼东西！"那人喊道，"谁都知道你们一直在被追杀!"姗姆和蒂博面面相觑。

"你听说过沃尔夫冈·格哈德吗?"姗姆大声喊道。年轻的战士摇了摇头,示意他们赶紧离开。

风在建筑物中穿行。他们听到远处传来消防员的声音。蒂博和姗姆沿着人行道走过一个又一个斜坡。蒂博突然意识到,这些斜坡是某种巨人的脚印。

在蒙帕纳斯大道附近,姗姆在微弱的阳光下检查她的图表和杂志。一名老妇人躲在门边看着蒂博。她招了招手,蒂博走到她身边,老妇人递给他一杯牛奶,他听到母牛在地下室里发出的哞叫。

"小心点,"她说,"恶魔就在附近。"

"因为地下墓穴?"蒂博好奇问道。地下墓穴的入口就在附近,在一个名叫"地狱屏障"的收费站那里。

她耸耸肩。"德国人根本不知道他们在做什么。天文台很近,"她说,"那里到处都是来自地狱的天文学家。他们用天文望远镜看着这里,我们知道,他们记起来了。"

牛奶很凉,蒂博慢慢啜饮着。"有什么我可以帮您做的吗?"他问道。

"你自己小心就行。"

丹费尔-罗什洛广场上,贝尔福雄狮从它的底座消失了。

第五章

那座曾经注视着平台的雕像，现在只剩下空洞，还有许多男男女女的石雕，全是狮子头。

在这群僵硬的雕塑中，蒂博看起来很快乐，精致的尸体在他身边喃喃自语。

姗姆激动不已，她没法靠近，只能进入广场。她在边上拍下那群没有表情的人，然后看着一脸奇怪表情的蒂博。

*伊莉丝，*蒂博想着，*还有让，你们应该在这里。*自从布洛涅森林以后，他第一次感觉到自己站在了曾经为之战斗过的土地上。

应该掀开自己的底牌了。*我害死了我的朋友。*他想着。

集体主义的背叛，羽爪盟的战时社会主义，为自己保留底牌。他甚至都不知道它能做什么。但这场游戏是存在于客观机会的瓦砾中的革命，这是被困在南部房子里面的超现实主义者的愿望和赌注。

"扑克牌历史学家，"布勒东说过，"都同意这种说法，在过去的历史中，无数次证明，机会总是在重大失败中出现的。"反败为胜的机会。这些故事随着超能体传到了巴黎。布勒东、查尔、多明格斯、布伦纳、恩斯特、埃罗尔德、拉姆、马森、兰芭、德朗格拉德，还有佩雷特，新牌承包商。精灵、海妖，占星师篡改了可怜的旧派贵族情怀，国王、皇后、杰克和大小王。

这些卡牌制作出来又丢失了，时不时被人发现。如果那些故事是真的，那个长着鸟脸的潘丘·维拉，革命军贤者牌，他的卡片被一些激进分子使用了，拯救了被恶魔引诱的战士。还有在1946年，长着章鱼头的帕拉塞尔苏斯[①]，钥匙孔贤者牌，在塞纳河边出现，导致两艘纳粹海军的军舰沉没。弗洛伊德、卡罗尔的爱丽丝、火焰A、萨德、黑格尔、甲壳虫脸的拉米尔，这些牌据说都丢失了。

蒂博手里的牌是钥匙孔海妖，维克多·布罗纳[②]的作品，双头女人相，两个钥匙孔。是一张画纸上的粗糙作品，线条潦草，甚至还有些地方未完成，但通过一种神奇的力量，转移到了卡片上。

但蒂博是一个太过谨慎的玩家，他深感内疚。他带着精致的尸体，化身疯狂的爱意，在一周的仁慈中行走。

"今晚，"姗姆说，"我还要拍一张照片。"他们来到一家还没被破坏殆尽的咖啡店，露营。

蒂博抬头，望着窗外，挣扎了半天，终于开口："拍张那个东西的照片怎样？"

[①]文艺复兴初期著名的炼金师、医师、自然哲学家，为了创造完美的生命而后又转为了炼金术师，拥有传说中最神秘的物质贤者之石。

[②]法国雕塑家和超现实主义画家。

第五章

群星的旋转快得离谱，暗灰色的天空，黄色的星星。它们不是地球上的星，它们是外来的。突然，不知道从哪儿来的灵感，蒂博明白了每一个星座——鳄鱼、没有锁的盒子、狐狸陷阱。它们朝着四面八方转移。

姗姆微笑着。"魔鬼一定通过望远镜在观察，"她说，"跟那个老妇人说的一样。"他不知道她也听到了那句话。"那是地狱的天空，它们肯定觉得很怀念，"姗姆说，"这里没有门户，除了碎屑以外，其他东西都无法通过。对于地狱而言，我说的是地狱，那些恶魔除了瞪眼看以外，什么也做不了。"

"你拍到过恶魔的照片吗？"蒂博问道。姗姆只是又露出了微笑。

有一群纳粹军在卢森堡公园迷路了，那些因劫掠毁灭而痛苦的人们被地面的自由女神像迷住了。它的头不见了，只剩下梁柱，上扬的右手也成了一截断臂。铁质的胸口伸出一只肥大的肉眼，它眨了眨。一名士兵先是用德语，然后是法语发出祈祷的声音，然后被同伴按住了。

蒂博和姗姆在篱笆旁边匍匐前进，精致的尸体消失在他们的视线之外，它总会回来的。它快速穿过植物茂盛的花园，穿过灌木丛和玫瑰花丛，抬起履带，边缘的栏杆就像折断的尖头叉子。

夜晚炮火不绝，古因梅尔大街上那些米色和黑色的百叶窗全染成了一片血红。姗姆没有选择更偏僻一些的波拿巴大街，为了远离灯光和某些在挖掘什么的引擎。超现实主义研究局就在附近——虽然关闭了很久，早期实验和陈列的东西仍然散发出令人不愉快的气息。精致的尸体就是在这里显形的。

这里现在沦为战争区。他们隐藏在富尔街上，四周都是叫喊的德国人。"附近有基地。"姗姆悄声说。纳粹军官驻扎在鲁特西亚酒店，谢尔什-米蒂监狱里的政治犯现在沦为了实验品和恐怖怪物的食物。

"你要带我们去哪儿？"蒂博问道。当他看到雷恩路尽头的教堂尖顶时，突然心里有了答案。

"你进不去的，"他说道，语气跟做错了事了似的。"你也不能。"姗姆回答。

交界处有五个转角，其中两处的建筑全城为了尘土。雷恩路与波拿巴大街交会处的上方悬着一块巨大的岩石，像是从山上滚落下来。圣日耳曼教堂仍然是一座教堂，看上去没受任何影响。在第五个转角处，就是双叟咖啡馆。

咖啡馆的绿色遮阳篷疯狂地拍动，从里面吹出一股狂风，四周的桌子椅子漫天飞舞，似乎要随风而去，跳到一人高的地方，又落回到原来的位置，如此往复。就像多年来都这么跳来跳去。

第五章

  窗户也在风中不停地开关，碎玻璃撒了一地，抽搐着又回到窗框，又破碎，弹出来，弹回去，同样如此往复。整个咖啡馆发出沉闷的隆隆声。

  姗姆迈着沉稳的步伐朝它走去。到了空荡的街上，气流在她身边吹，她就如在狂风中逆行，她停了下来，喘着粗气，仍然坚持朝咖啡馆门口走了几步。风吹在蒂博耳边，嗡嗡作响。

  这里就是S大爆炸初始的地方。

  在随后的几年里，这片区域是不可逾越的。没有人能够穿透那股无形的风，那股力量似乎来自大爆炸。

  "我知道你想拍个照，"蒂博喊道，"但是你怎么进去？"

  她伸手指了指。

  精致的尸首径直朝前走，沿着他们不能行走的道路。那张老人的脸嗅着空气，蒸汽火车胡子往外散发着气体。它认得出这个地方，它能闻出来那股味道。

  蒂博的内心在沸腾，姗姆推着他跟上超能体，它毫不费力地往前走着，穿过了外沿的碎玻璃。

  "那玩意不会让我进去的，"她说，"可是你应该可以……"

  "我可不会帮你拍照片！"

  "我才不要见鬼的照片！你这个蠢材，"她说，"里面有些东西,把它带出来。"

什么?她到底要求我做什么?

我必须得这么做?蒂博想着,我不能……

但他的手已经抓住了超能体身后的绳子,缠在了手腕上,把自己跟精致的尸体绑在一起,然后跟在它后面奔跑。他触摸着超能体金属的身躯,朝着它行进的方向,一起前进。

蒂博沉醉在此地之外的河流中,他带着这个完美的超能体,会走动的机会,在他的父母丧生之地,那座高耸在地面上的精致的尸首,那是他看到的第一个超能体。那时候的男孩被吓坏了,但它没有伤害他。

玻璃不停地碎裂,但蒂博很安全,可以强迫自己跟超能体在一起。他们在一堆桌椅中寻找前进的方向,推动自己往前走。蒂博在灼热的空气中喘息,终于,进入了双叟咖啡馆。

房间里充满了黑暗和光明、灼热和烟尘,蒂博可以听到自己擂鼓般的心跳。他的脸上因灼热流淌着汗水,眼睛发痒。桌子用僵硬的腿跳着舞,从大爆炸的那一刻,它们就在不断翻滚。

地上有尸体。腐肉和骨架同样在爆炸中舞蹈,血肉从骨架上撕裂,又贴附回去,如此往复。精致的尸体像一个风度翩翩的孩子,从屠杀场里的侍从身边蹒跚走过,蒂博紧跟在

第五章

它后面，拼命喘着气，继续执行自己的使命。

厨房里满是爆裂的盘子，而厨房中心，有一个早已死去的人。

他就是祸根。

一个很强壮的年轻人，他那张燃烧着的脸，似乎在咆哮，闪烁着光芒。他的骨头在他身体里反复爆炸。那张鬼一样的脸一会阴沉得如死尸一般，一会又露出痛苦的挣扎神色。一次又一次，转换得太快，无法看清。他像个被炸毁的玩偶，浑身都是火焰、弹片和尖利的碎片。他的手放在一个金属盒子上，它在爆炸，扭曲的电线、还有纸张和光芒。它永远在爆炸。

它曾经、现在、将来，都在爆炸。

精致的尸体颤抖起来，站得这么近，一个梦想让它拥有了血肉之躯，四肢如工业制品，这就是爆炸的威力。

当它从那个年轻人手里拿过爆炸的盒子时，蒂博听到姗姆在尖声呼叫他的名字。

超能体和人类都以飞快的速度奔跑出门，就差没飞起来。

姗姆站在外面近到无法再靠近的地方。看到他们重新出现，她简直高兴极了，一次又一次大喊，尤其当她看到精致的尸体手里的东西。

但是，当它走出来的时候，炸弹爆裂开了，然后，什么也没发生。

箱子碎裂,但爆炸没有结束。在他们身后的房间,仍然不停地吹出猛烈的风。

蒂博和超能体跑进了最后一道亮光。姗姆站在路上,拿着相机,蒂博发现周围有燃烧的路障,是某个地方的防御工事,已经烧得干干净净。在交界处的边缘,蒂博可以看到纳粹军在集结。

有什么东西即将到来,街道在颤抖。有种要爆炸的感觉,好像快脱离控制了。

"把它给我!"姗姆咆哮着,朝超能体跑去。

但是盒子仍然在不停地崩离,它的部件和电线在脱落,现在轮到外壳了。姗姆朝着她不喜欢的超能体跑去,夺过了它手里的盒子。

它碎裂了,最后什么也没剩下。姗姆发出一声愤怒的尖叫。

迫击炮弹从他们身边掠过,击毁了堵路的建筑。姗姆和蒂博改变了前进路线,精致的尸体在物理学上发挥了作用,他们只需要利用它。在他们前面是城岛的河流,他们沿着大奥古斯丁码头河岸往东跑。他们穿过曾经的正义宫殿(如今只剩下一条清澈的水道),招来了上面的一些东西。木屑旋转

第五章

跳跃着从圣礼拜堂的门窗落下，构成了一幅令人窒息的风景画。

精致的尸体来到他们前面，摇晃着落在道布勒桥上，引他们过桥，就像巴黎城引他们进入一样。他们来到了岛上，来到了巴黎圣母院所在的地方。

自S大爆炸以来，位于其中心窗口两侧的矮方塔就成了贮藏室，金属遭受了粗糙的锤打，没有密封好，渗透出一股酸腐的血腥味：空气里充斥着酸腐味，地面潮湿。另一个矮方塔上，铁丝加固的窗户形成了苍白的漩涡，据说里面含有鲸蜡油。蒂博经常祈求上苍让它爆炸吧。

现在基本上看不见它了，超能体带他们去了右边，穿过教堂花园乱糟糟的荒地，进入小岛最深处，大主教桥又引着他们前往南方。通往附近圣路易斯岛的小桥也没了，水道里除了瓦砾什么都没有。无路可去。

他们转身。泥浆下有动静。"我们被发现了。"蒂博说。

♟♟♟

巴黎圣母院黑色的扶壁上走出来了可怕的东西。

"基督啊！"姗姆说着，举起了相机。她看上去害怕得快要晕过去了，蒂博冲着前来的东西发出无声的咆哮。

行走的缺口，巨大、破碎的白色人像，虽然完全看不出人形。

雅利安人的腿，踢出了纳粹帝国的正步，光是腰就有三层楼高，上面本该拥有的巨大身躯破碎了，只剩下无头的残骸。右侧是一片斜坡，左侧还留着一些躯干的样子，能隐约看到腋窝，那里的肱二头肌残端还在摆动。

巨人的脚下，纳粹国防军和党卫军匆忙奔跑着，猩红的烟雾中，有一辆熟悉的吉普车。

"那该下地狱的东西是什么？"蒂博惊叫。*红色方案？*他想着，*就是这么个难以置信的家伙？*

"地狱里可没有这个，"姗姆说，"那是超能体，布雷克的作品！"

"布雷克？"蒂博叫了一声。*他们能够让他的作品显形了？*

阿诺·布雷克①那媚俗而颠倒的大理石雕像森然耸立在眼前，茫然地凝视着。纤细的超巨人，蒂博想着，即使在巴黎，它们看上去都是如此顽固，如此死气沉沉。但仅剩两条腿的超巨人越来越近了。

从前，他一定是个高度超过教堂的白色大理石雕，拍着巨大的石手，现在它裂开了，裂开了一半，还在行走。活着的艺术品会死去吗？在它活过来之前，它活着吗？

---

①德国建筑师、雕塑家，被誉为"德国的米开朗基罗"。

第五章

"他们又一次把它竖起来了。"姗姆低声说。

"又一次?"

照相机快门响了,布雷克的超巨人在废墟里摇摇晃晃地来回走,那声音像是在敲打它,它伸出残存的半臂,向前行进,压倒树木,开始奔跑。

士兵们举着步枪跟着它,吉普车也跟在后面。这伙人他以前见过,司机和教堂里的士兵,还有两个穿便衣的。这一次,蒂博看清了那个牧师,那张皱纹遍布、颓废瘦削的脸,他认识那张脸,从新闻报道,从海报。

"阿莱什!"他喊道。是阿莱什本人,那个叛徒牧师,城市里恶魔教堂的领袖。

步兵们朝蒂博、姗姆和精致的尸体跑来,破碎的超能体也来了。

蒂博徒劳地射出一记子弹。石头脚抬了起来。他默默地凝视着它,看着他下方的那些生灵,信徒、毛虫和啮齿类动物,所有的活物。它一跺脚,蒂博跳了起来,他的睡衣猎猎作响,脏污的袍子像降落伞一样,子弹如骤雨般袭来,但穿不透那棉布的防御。

他在半空中开枪,但没有射向巨大的超能体,而是越过它、越过那些步兵,朝着他们背后的吉普车射击。司机猛地抽搐,吐出鲜血,吉普车不受控制地转向。精致的尸体从他身后伸出手,把蒂博从危险中拉了回来,他几乎连呼吸都困难了。两个最靠近的士兵一边哀嚎一边扑了过来,结果什么都没抓住,只看着像是彩色铅笔素描画一样的剪影。蒂博看到吉普车翻了跟头,溅起泥土,"砰"地一声撞进了大教堂一侧。

布雷克的石雕向前奔跑,提脚一记重踢,正中精致的尸体。超现实主义的超能体踉跄几步,身体破裂,有什么东西在黑暗的天空中盘旋飞舞。

姗姆躲在一堵墙背后,被火和盖世太保的爆炸魔法阻隔,她又举起相机,蒂博发现在它和士兵之间涌起一股不妙的能量。她拍下了照片,把那股能量吹走了。她也给布雷克的石雕拍了照,但它无惧这种攻击,朝她而来。

蒂博冷冷地注视现场的一切,布雷克的石雕,还有纳粹士兵的猛攻,他很清楚,即使姗姆完全发挥她镜头的作用,即使有精致的尸体这个盟友,他们也将输掉这场战争。

他从口袋里掏出来自马赛的卡牌,开始出招了。

钥匙孔海妖显形了。一个睁大眼的女人,穿着漂亮时髦的衣服,拦在蒂博和士兵以及那个可怕的石雕超能体之间的。她看上去不像一个人,组成她的线条也不是物质的线条。

她急速地说着什么。蒂博目不转睛地凝视这一场梦境。

第五章

伊莲娜·史密斯，一个死去了二十年的灵媒，她能够用奇异的方式跟火星人通灵。这张卡片是为了纪念她。她的化身在新的套牌里面唤起了全新的精神力，知识的钥匙。她用手指在空中写字，很快空中出现了发光的字符，那不是地球的字母表里有的东西。

德军的子弹如密雨般朝她袭来，史密斯的文字劈啪作响，天空传来一阵奔涌的声音，云层散开，一个炽热的圆圈正在下降。梦中之梦，超能体召唤出了新的超能体，旋转的火星飞行器。

在突然静止的大理石腿后面，蒂博辨认出阿莱什牧师和另一个从冒烟的吉普车中爬出来的人。在他瞄准他们的时候，他们互相支撑着撤退，越退越远。虽然蒂博开了枪，但是他已经没有多余的精力顾及他们死活。因为史密斯已经召唤出如巨魔般的超大火星人，像精致的工艺品，她把它们拉到了面前，传闻她有和火星人通灵的能力，终于显现出来。在这一刻，他们在下降，撕扯空气，燃烧一切。史密斯召唤出来的东西很兴奋。

闪电、烈火，金属扭曲和融化，火焰降下，地面一片狼藉。空中的炮火吞噬了纳粹军和他们残破的石雕巨人，一场声与光的大灾难。

最后，一切归于黑暗和宁静。

新巴黎的最后时光

▼▼▼

天空清朗了，史密斯消失了，卡牌不见了。巴黎圣母院湿漉漉的墙壁在颤抖，酸腐的味道又从缝隙中涌出来。

在那场瑰丽的梦境中，被火星人攻击的地面成了一片玻璃区域。垂死的纳粹军人在布雷克石雕的脚下抽搐，石雕的大腿已经粉碎了，连脚部也烧焦了一大片，它不会抽搐，只是慢慢沉没到酸腐的泥泞中。

姗姆快步跑上前，越过了精致的尸体。它受了伤，全身颤抖，但还能站直身体。姗姆拍照，到处触摸，驱赶烟雾。她的相机又变成了普通的相机。她走到翻倒的吉普车边，似乎不费力气就打开了车门，司机毫无生气地躺在驾驶座。她在车里翻找。

"看。"她示意蒂博上前。

"等一下，小心点。"蒂博回道。姗姆从乘客座位上的某人手里抽出冒着烟的手提包，把它举起来，让蒂博看清上面的K字母。她还举着其他的东西，扭曲的东西，三条破碎的腿，另外一条像是，火星人的。

"这是投影仪。"她对着走过来的蒂博说。

乘客全身几乎被压碎了，嘶嘶地喘气，他那看起来很可笑的小胡子上沾满血污。他试图叫醒司机。"莫里斯！"他气

第五章

喘吁吁地喊道,"莫里斯!莫里斯·维奥丽特!"司机的制服是男式的,但她是个肌肉发达的高大女人。现在她的盖世太保制服被尘土和血污盖满了,没有半分生气。乘客扭过头,看着精致的尸体。

"牧师,"蒂博对姗姆说,"他逃走了。"和另一个穿便衣的同伙一起逃跑了,看来用了些神秘的手段。"姗姆,那是阿莱什,主教,那个叛徒!"

吉普车里涌起血腥的烟雾,姗姆从残骸中取出文件,在脏污里面寻找更多线索。"好吧,他跑得太快了,"她说,"留下了点东西。"她拿出一个装满了胶卷的烟草罐。

"你们做了什么?"蒂博蹲下来,几乎是温柔地对那位乘客说话。他看得出来乘客已经在弥留之际,那人睁大眼睛看着姗姆从他手中拿走箱子,看着那个字母K。"你们可以控制超能体了,对吗?这就是你们的计划?"

蒂博从男人的口袋里掏出文件,飞速浏览,乘客发出微弱的嘘声,打断了他。

"这就是你们的计划,恩斯特?"蒂博说,"昆特先生?"姗姆盯着那个垂死的人。"红色方案是什么?"蒂博问道。

乘客咳嗽着,带出一口血污。他声音微弱地说:"你不能阻止它……"①那人甚至微微一笑,"你是个很好的样本。"②他们制作了……某种东西。

"样本。"姗姆说,"某种好的样本。"

"样本?"蒂博奇道,"什么样本?"

但那人已经断气了。

---

①原文为德语,Sie kann es nicht stoppen。
②原文为德语,Sie eine Prachtexemplar gestellt。

PART SIX
第六章

1941年

杰克·帕森斯喝醉了。

超现实主义者们在玩游戏,他酸溜溜地看着他们。瓦罗画了一条缠绕在车轮上的蛇,只花了几秒钟时间潦草画成。只有杰克坐的位置看得清楚她画了什么。

"我们开始吧！①"她举起手里的画,迅速展示给兰芭看,兰芭把自己画的东西递给拉姆,拉姆把自己的展示给伊芙·唐吉,如此这般。等到轮转一周,盘旋在战车上的蛇已经变成了一个正方形的螺旋。

轻浮的举止让他感到厌恶,尽管帕森斯说不出原因,这场游戏却让他看得兴奋不已。主人们玩着互相耳语、倾听和误听的游戏,他们玩着注意力和机率的游戏,他们玩着荒谬和误解的游戏。福莱饶有兴趣地注视着他们,米里亚姆已经

---

①此句原文为法语,Allos-y。

全神贯注沉浸其中。玛丽·杰恩站在门边抽烟,手挽着一脸轻蔑神情的雷蒙德。

游戏画出了奇怪的形象,那些无意义的句子让帕森斯呼吸急促。做你想做的事情。

超现实主义者们在作画,又隐藏了自己的画作,把画纸折叠起来,让图画模糊。他们把自己的画纸传递给别人,又在别人那看不见的画作上添加上自己的笔触。

噢,他突然灵光一闪。就在超现实主义者们继续传递画纸的一瞬间,每个人画了一个头,又把它隐藏起来,传递画纸。每个人画了一个身子,又把它隐藏起来,继续传递画纸。每个人画了个腿或者底座,又隐藏起来,传递。哦,我明白了,我明白了。

他在椅子上颤抖了下,突然明白了他的卡胡恩、密闭主义者和神秘主义者之间的联系,探知了世界背后的秘密。卡胡恩和这位严肃而有礼的布勒东有着紧密联系,金色黎明和动物之间的连接,超越了那个女人和梦想的解放。

在文氏图中间的重叠处,卡胡恩在注视他。

也许,他想着,在这个被压迫的城镇边缘之地,边缘的边缘;在这个房间里的人都没有国籍,他们都想离开这个国家,也许,就这些人;也许就在此时此地,他们玩着愚蠢的游戏,对灭绝人性的屠杀者嗤之以鼻;也许他就应该把引擎

第六章

装在这里，让魔像可以行走，让文艺和数学有机结合在一起，建造数学模型，这也许能挖掘出别的东西。

可能会让纳粹军头疼不已的东西。

"我知道个游戏。"他说着，没有人抬头看他。

他匆匆跑上楼，带着所有的机械装置下来。超现实主义者们已经又玩了一轮。帕森斯看着他们作画，把电线连接在电池上，嘴里咕哝了几句神秘的咒语。

"你在制造什么？"福莱看着那些乱七八糟的机械问道，"这也是艺术品吗？"他洋洋得意地看了一眼米里亚姆。超现实主义者们还在传递他们的画作。

"对，"杰克点头，"这就是艺术的活计。"他转动开关，检查了仪表。他把结晶体、真空管和几张纸放在这间屋子里他特意安排的地方。

"等一下，只需要几秒钟，只要一小会儿，先都不要打开画纸。"

超现实主义者们惊讶地抬头，按照他的要求做了。杰克屏住呼吸，点了点头，把中心缠绕着电线的木头和金属盒子连在一起，打开了最后的开关。

一阵静默穿过他们。布勒东皱了皱眉，兰芭笑了，瓦罗咧开嘴。每个人都在看着杰克·帕森斯。

当他们打开画纸时，他吸了口气，杰克·帕森斯已经理解了游戏的本质，知道它如何进行，它将掀开什么样的神秘面纱。艺术家们自由组合，把自己的构想都交织在一起，无计划的合作中，创造出富有非凡想象力的作品。

绘画出来的形象没有进化，也没有重新组合，只是凝结了灵光一现的卓越想法和偶然。帕森斯的电池咔嗒作响，房间里填满了看不见的事物。

那并非超现实主义者们绘出来的魔鬼，也不是来自地狱的山羊或者野兽。它们是客观存在的机遇，是这个时代伟大的嵌合体。

杰克看到，一个正在唱歌的鸟头接在钟摆状的身体上，它的腿像鱼尾，是某个超现实主义者用钢笔墨水一蹴而就。棺材上面画了一个骷髅熊头，摇摆着小丑的脚走动。一个留着胡子，长着婴儿脸的头，身子却是一只优雅健壮的美洲豹，脚部是扎根在地上的植物。

还有精致的尸体，啜饮着美酒。

艺术家们哈哈大笑，帕森斯的电池充满了，仪表的针头摆动了下。他能感觉到能量从那些绘画中环绕而出，那些头部，那些躯干，那些腿脚，从这个房间里面，进入了他的电线。

现在不只是喝酒让人头晕，不只有他们精心绘画出来的精致的尸体，也不仅是在玩一场场游戏。这是某种意义上的

第六章

结束，又是某种意义的开始。最后的一阕歌谣。

他们又开始玩游戏，集体无意识地创作了一只又一只野兽。时间就在他们一轮又一轮的绘画中飞逝，窗外的树枝飞舞，似乎在捕捉散逸的艺术气息，放弃了作为植物的记忆。帕森斯能够感觉到那些图像飞到了他的机器里面。

他飞快地眨了眨眼，瞥见有些东西从他身边飞过，闪闪发光，似乎是从超现实主义者玩游戏的画纸而来。没有人抬头看他。

房间里充满了历史的气息，充满了衰退运动的气息，超现实主义、马克思和弗洛伊德彼此交融、碰撞，城市的革命、解放和随性。知识从每个人身上涌出，而他们本身没有半点损失，他们沉醉在游戏中，渐渐撤下心防。

而在他藏身的山丘中，汉斯·贝尔默[1]浑身一颤，他的玩偶和绘画也在给电池充电。马克·夏加尔[2]正沉浸在梦境中，针头摆动了下。在她的岛上，克劳德·卡恩[3]热切地看着苏珊

---

[1] 德国人，有怪癖的画家、玩偶制作家、摄影家。为反抗纳粹而开始一系列"无关国家利益"的人偶创作，之后在纳粹迫害下逃亡到法国。

[2] 现代绘画史上的伟人，游离于印象派、立体派、抽象表现主义等一切流派的牧歌作者。

[3] 法国达达主义、超现实主义女性摄影家，以雌雄同体的装扮自拍像展现自己作为犹太新女性与女同性恋的身份认同。

娜·马歇尔贝①,她们分享愤怒与爱恋,还有决心。一根根无形的线从所有人身上连接到了艾尔贝尔别墅。

在世界各地,梦想和图像,男男女女艺术家的作品,西蒙娜·优和马提尼克岛上叛逆的学生,苏珊妮和艾美·塞泽尔②的狂怒与喜悦,乔治·亨内恩③的无边魅力,阿尔托④的红色混乱,布劳纳的想象之物,还有杜尚⑤、卡林顿、雷妮·高蒂尔、劳伦斯·伊可、玛尔和玛格里特、艾蒂安·雷欧⑥、米勒和奥本海姆、拉乌尔·乌贝克⑦和爱丽丝·拉洪、理查·奥兹⑧、莱奥纳·德拉库尔特和保罗·诺格⑨、帕伦、查拉⑩、里

---

①法国插画师、设计师和摄影师,超现实主义艺术家,是克劳德·卡恩的伴侣。
②法国殖民地马提尼克岛出身的黑人诗人、作家、政治家,法国共产党党员和特立独行的人权运动斗士。
③埃及超现实主义激进诗人。
④附注:法国演员、诗人、戏剧理论家。20世纪20年代曾一度与超现实评论合作,并创作和演出超现实主义作品。
⑤法国艺术家,二十世纪实验艺术的先锋,对第二次世界大战前的西方艺术有着重要的影响,是达达主义及超现实主义的代表人物和创始人之一。
⑥法国殖民地马提尼克岛出身的超现实主义诗人。
⑦法国画家、雕塑家、摄影师。
⑧德国超现实主义艺术家。
⑨比利时超现实主义文学理论家,被称为"比利时的布勒东"。
⑩罗马尼亚诗人,达达主义运动创始人。

乌斯等人的创作。还有那些名不见经传,但拥有超现实主义精神的男男女女,汹涌澎湃的艺术创作、灵感,每一个有名或无名之人的艺术实践,全都冲进了法国,冲进了这间别墅,透过玻璃,进入了杰克·帕森斯的电池。

古老的叛逆作品,在投降巨人之前的阿拉贡诗,旧时的英雄们带着死亡的气息走进机器,《马尔多罗之歌》,里戈[①],兰波[②]的灵魂,瓦谢的沉思,它们一直存在,存在于法兰西这片土地上,从未消失,永远是法国的一部分,闪耀着光芒,向此处集中。它们降临了,进入到同一个地方。

进入到那台机器。

盒子像黄蜂一样嗡嗡作响,除此以外,屋子里十分安静。人们都围了上来。

每个人都眨着眼,除了雷蒙德,他径直盯着那盒子。

玛丽·杰恩叹了口气。"你玩得开心吗?"她问道。

帕森斯笑了。"哦,是啊,"他的声音在颤抖,"这简直是太棒了,谢谢你们邀请我来。"

布勒东闭上了眼。"这,"他用法语说,"这是极其美妙的

[①] 18世纪法国最著名的肖像画家。
[②] 19世纪法国著名诗人,早期象征主义诗歌的代表人物,超现实主义诗歌的鼻祖。

一个夜晚。"

"我们很高兴你能到来,"瓦里安·福莱对杰克说,"超出了语言能表达的范畴。"

※※※

夜晚,杰克聆听着法国的鸟儿鸣唱,他静静地坐在那里,月光如水,他的电池里面充满了神奇之物,无数神奇之物叠加,那就是超现实主义。那是一种自由。

帕森斯知道他该如何取用这些东西,提取它,焚烧它,然后就可以使用它。

我能用它们做什么呢?他不禁浮想联翩,他将制造一个自由的机器。我要回家,他想着,我会告诉冯·卡曼,我们将建造超级火箭,武装起来,然后把该死的纳粹帝国赶回老家。

大清早,米里亚姆和玛丽·杰恩坐在花园里,喝着勉强可以称为咖啡的东西。满脸不安,无从解释。她俩的脚指头在草地上划动。

她俩是第一个听到杰克·帕森斯尖叫的,抬起头来。杰克又发出怒吼,用拳头捶着窗户。

她们赶紧跑上楼,进了他的房间,看到他赤裸着上身,

第六章

乱糟糟的模样,尖叫着,一脸惊恐,不停把衣服从箱子里扔出来,寻找那块电池。

而它,已经不翼而飞。

PART SEVEN
第七章

PART SEVEN

1950年

从福布雷大街和波松尼大道的拐角处传来刺耳的音乐。手风琴、钢琴和小提琴合奏的犹太歌曲在空气中飘荡。雷克斯剧院上升到乌云中,它的标志上布满弹孔,但仍然闪闪发光。

"他到底是谁?"蒂博问道。

"双叟咖啡馆里那个人?"姗姆说,"一个骗子,小偷,还是杀人犯。没啥要紧的了,我想,已经无关紧要。我是说,我们认为,如果我可以……这个盒子可能是打开城市的关键。打开城门,传递消息,走出去,然后……"她低头,"但是并不是这样。只能说,S大爆炸就是从那个盒子里出来的,然后就成现在这样了。"

"阿莱什到过那里,"蒂博说,姗姆没有回答。"还有另外的人。"他又加了一句。

姗姆依然一言不发。

"到底怎么了？"蒂博问道。

"我不知道，真的。"姗姆说，拿起了烧毁的文件和装胶卷的烟草罐。"红色方案，"她说，"里面提到过这个词，还是斜体字。看来是代号和暗示，我想他们是在讨论魔鬼。我也不知道为什么。那个K是指昆特，他的委员会到处搜捕艺术家。我想在大爆炸以后，他们也开始搜捕艺术品了，成了超能体专家。"她看着他，"我说过纳粹军在操作超能体方面做得更好，现在K委员会正在和恶魔学家合作，就是阿莱什的人。"

她打开烧焦的文件，嘴唇翕动，读着残存的文字。"他们所说的魔鬼应该指的是某类东西，他们想要把某些东西显形，但是又做不到。需要更多的……"她犹豫了下，"他们要做点什么，蒂博，他们也想要得到些什么。"

精致的尸体的胡须开始鸣笛，雷克斯剧院是自由法国军及其盟友的大本营，可惜没有羽爪盟的朋友，蒂博集中注意力，默默地请求这个大块头超能体安静点。每次他和精致的尸体交流——是的，这就是交流——他能听到的回音只是一阵令人耳鸣的尖啸。

"留在这里。"蒂博说着，拉了拉绳套。精致的尸体在墙角边下沉，沉到地面，变成了一栋建筑物。

第七章

雷克斯剧院的守卫搜查他们，无能地盘问他们，然后让他们进去了。剧院内喧哗嘈杂，充斥着饮料、泥土和汗水的味道。大厅里，一排排座位只剩下根桩，组成一溜斜坡通向舞台。人们在跳舞。观众坐在半楼高的地方，观看巨大的屏幕。屏幕上走马观花似的轮放着图像剪影和单色光，放映室的人正把各种片段串联在一起。碎成几厘米几厘米的胶片，他们用手指拎起来组合在一起，每次放几秒钟，又切换。情景剧、老式无声电影、喜剧片、新闻、纪录片，交杂在一起。

超现实主义无处不在，蒂博想着。

他摘下帽子，理了理破旧的睡衣。没人注意他们：他真正的同盟在这里会很危险，不过即使是最严厉的自由法国军也无法忍受在这里部署如此强大的器物，不管是不是超现实主义者。闪亮的身影坐在黑暗的角落，穿着战前的衣服。一个黑人妇女急切地跟自己下棋，舞者的舞步扬起灰尘。

破烂的自由法国军制服，肮脏的工人装，来自其他游击队，这些线索让蒂博判断出此人的来历，不是自由射手游击队[1]就是马努尚集团[2]的人。这个是圣母兄弟会[3]的人，这个是

---

[1] 法国共产党领导人在第二次世界大战期间创建的武装抵抗组织。
[2] 德军占领巴黎期间，亚美尼亚诗人米萨克·马努尚带领组成的抵抗组织。
[3] 反纳粹的天主教徒成立的抵抗组织。

犹太军[①]的人，那个是解放者的人。或许这个瘦弱的人来自博物馆联盟，又或者是热沃当社团的侦察兵，那可是在洛泽尔省十分活跃的传奇抵抗组织。在这里大概会成为莽撞的右派分子，忠诚于维希政府，反抗纳粹军。维希派抵抗者，他想着。来自未来的词，但里面没有羽爪盟。

这些街道将会遭到轰炸，或者被另一个愤怒的雕像踩踏成废墟，他猜想着，要不然，会被烦躁不安的恶魔拖向地狱。到那时候，到世界末日的时候，或许还有舞蹈，还有月光，还有残存的酒足够调出粗制滥造的鸡尾酒。吧台后面钉着成堆的白条：没人知道钱到底该怎么运作了。墙上挂着海报，反纳粹战争的胜利。纳粹的十字标记被允许立在中间，这样人们都可以来唾弃它。

"看屏幕。"姗姆说。

"我们不该在这里。"蒂博说。

"所以我们得快点，我们必须知道一切。难不成你还能搞到另外一个可以用的投影仪？"

她跑上楼去，蒂博越过舞者的头看着屏幕，过了一会，它猛地一动，又变亮了。他能想象姗姆把楼上放映室的人一把推开，用枪指着人家的头，拿掉了所有旧电影的碎片。

[①]法国众多犹太人地下运动成立的抵抗组织。

第七章

屏幕变暗了，然后又亮起来。

现在上面放映着四散的飞机，一个长镜头的舞蹈，一个模糊的形状，在一个巨大的房间里。阳光透过一扇大窗户射进来。画面一跳，蒂博看到了另一条走廊，他几乎难以在燃烧后扭曲的地方辨认出图像。然后画面变成了空房间，没有任何过渡，房间里有个人影，一个穿着大衣的男人，长着棋盘似的头颅。

雷克斯大剧院里，急促的爵士乐继续演奏着。

屏幕上的人或许只是拿棋盘挡着脸，甚至似乎就有一只手放在棋盘下面。但他静止的姿态透露出一些与众不同的信息，蒂博知道，他看到的是个超能体。

镜头里没有声音，突然，无数子弹朝这个棋盘男人射去，蒂博惊叫一声。

那个人影没有躲闪，外套和夹克上鲜血淋漓，棋盘上也有血滴落。

音乐现在停止了，人们都盯着屏幕。他们看到一个穿着纳粹国防军制服的士兵慢慢地离开了摄像机的位置，到了另一间充满阳光和灰尘的房间。

一个穿白色大衣的身影进入了射击区，朝士兵进攻，机器移动角度，墙上有耶稣受难像。这个士兵不停地转动，照理说他的面貌应该能够让人看清，可他平稳地一转，又变成背对摄像机,然后又开始转动,他的脸仍然隐藏着。

"那是无名战士!"安静的房间里,一个女人惊叫着,"我见过他一次。"那是一名不露脸的德国军官,穿一身肮脏的制服,在城里遍撒硬币,让德军的战士头晕目眩,硬币上印着宣传口号,这名超能体促成了叛乱。现在,它出现在屏幕,站在一个平台上,仍然面朝着远方,你永远看不清他的脸。

他的脖子上拴着绞索。

地板门打开,无名战士跌落,人群大声呼喊着。

它吊着绞索,摇晃,即使死亡,超能体也不会让摄像机拍清他的脸。

许多人站在那里,现在屏幕上出现了一名牧师,不是阿莱什。朝黑暗的房间里瞥上一眼,似乎有什么巨大的影像。

"是德朗西集中营。"有人说着。

一个庞然大物出现了,它由许多部件捆绑在一起,一张解剖台,一端是一台缝纫机,另一端是一把伞。在它们中间,黑白闪烁,是精致的尸体。这是蒂博所见的第三个了。它的头是一只巨大的蜘蛛,在一个西装革履的身躯上,四肢抽搐。它有两条圆土罐一样的腿。超能体身上缠满了电线。

两名男子出现了,穿着白大褂,戴着外科口罩,他们举起一台研磨机和一把链锯。

"不。"蒂博说,可惜他不能透过屏幕发布命令。

第七章

两个人默默地打开工具,精致的尸体注视着它们,它的蜘蛛头一直试图破坏,可惜捆绑着它的东西严格地执行了它的使命。两个人手里的屠刀落下。

雷克斯大剧场的观众们大叫起来,机器切割了超能体不同部分交接的位置,切口往上喷出的东西苍白又凝重,不可能是血液。他们把超能体肢解了。

活体解剖者分解了那个不可思议的躯体,精致的尸体顽强地抵抗,锯屑和棉花碎片从切口翻滚而出。那两个人锯得更快了,镇压了超现实主义事物的反抗。锯子一次又一次落下。

精致的尸体变成了废物,三个普普通通的东西,神奇的力量消失殆尽。

残留物,毫无生命特征。

又是一阵黑暗,然后屏幕亮了,一群牧师、科学家,携带着另一堆其他的超能体组件出现了。一个男人朝着摄像机点了点头——虽然他没有留胡子,但蒂博仍然从他黑色的头发认出那是跟阿莱什一起逃跑的人。

影片一动,那男人消失了,只剩下几秒钟的空白。然后,屏幕上出现一个新的身影,巨大而摇晃的阴影,有着一张可怕的面孔,来到了摄像机前。

雷克斯大剧场的人们骚动起来，图像暂停了。停在屏幕上的是像碗口大的阴暗眼睛，还有长着獠牙，如洞穴般的嘴。

"那不是超能体，"姗姆平静地说，在一片混乱中她看着蒂博，他都没有听到她下楼的动静，"那是个魔鬼，但是它遇到点麻烦。"

"你怎么知道的？"

"我当然知道。"姗姆递给他几截胶卷，他举起它们，看到一些细小的精致的尸体被撕成碎片，从触手到脚趾，弯曲的腿或者扭曲的身躯，同心环状的躯干长着黄油刀一样的四肢，下垂的头部或是镰刀，或是锤子，或是骑士头盔。精湛的处决艺术。

"我们知道他们在试图控制超能体，"他们在雷克斯大剧场混乱的人群中望着彼此，"狼桌怪的绳鞭，还有骑威洛车的女人。明显她跟纳粹不是一伙的，但他们肯定彼此了解对方的技术。现在他们又用超能体来祭祀？"

"召唤那些魔鬼，"姗姆说，"他们正在建造什么东西。你看到那个人了吧？就在最后那个之前，吉普车上的男人。"

"也许那就是沃尔夫冈·格哈德，"他说，"红色方案，就是这个计划了。"

"也许他自称是这个名字，"她说，"但那不是他的真名。"

第七章

我认出他了,我知道他,他名叫约瑟夫·门格勒。"[1]

"你是怎么知道这些的?"蒂博终于开口,他有些生气自己必须提问,"这一切意味着什么?"

影片的声音开始嘈杂起来,自由法国军和其他抵抗组织的人们对着屏幕大声喊叫。姗姆迅速地开口:"意味着其中有个大计划,门格勒是人体实验专家,就对人体的研究而言,他确实精通。而现在,他来了,来到巴黎,和阿莱什共事。门格勒可不是什么虔诚信徒!他肯定要找一个对魔鬼知之甚深的专家,他们正在合作。还有K委员会,超能体,恶魔,还有生命,都在改变。"

"红色方案。"蒂博喃喃道。

"我们必须离开这里,"姗姆说,"现在,他们随时可能关闭大门,然后整出一个白痴得注定会失败的全面进攻计划。"

"那么,"蒂博平静地开口,"你得帮帮忙。"

他迎上姗姆平静的目光,他可以看出她在思考如何应对。没有人能够在喧嚣中听见他们的交谈。"好了,"他说,"别玩了,帮帮忙。"

"我帮不上忙。"她回答。

---

[1] 约瑟夫·门格勒,人称"死亡天使",德国纳粹党卫队军官和奥斯威辛集中营的"医师"。

"你以为我不知道?"他说,"那台照相机可不只是照相机,而你怎么知道这么多消息?尤其是有关魔鬼,难不成你小时候是个女巫?别闹了,你是美国战略情报局的人。"

她看上去很镇定,如果她是美国政府的代表,那么就是自由法国军的同盟,但却是他的敌人。然而,他仍然很平静,她也需要他平静一些,他很明白,也许,他也需要她。

"特别行动,是的,"思考了好半天,她才承认,"照相机确实是照相机,但它还有一些别的用处。"

"你欺骗了我。"

"没错。"

他眨了眨眼。"骑威洛车的女人是英国特别行动处的人,她也在努力寻找有关红色方案的线索?"

"有不少人都在做这件事,"她回答,"而她做得很好。我们需要知道这个程序是什么,不能让他们得逞。"

蒂博厌恶地转过头去,姗姆"嘘"了一声,那嘶嘶的声音像是野兽。

"你敢不敢,"她说,"跟我一起去?"

"那本书又怎么说?"他几乎不敢相信自己脱口而出的话。他等待着她的嘲笑。

"那本书?照片是真实的,书也是真的,我们正在计划建立一个被称为'文化自由大会'的组织,或许,"她冰冷有礼

第七章

地说,"你可以加入?"

"你是我的敌人……"

"是的。"一个间谍,他知道她明白自己。她也知道他如何看待她。

在他们周围聚集了所有派系的人。"听着,"她急切地说,"过一会,他们会制定愚蠢的计划,有可能去袭击某个德军党卫军师长,至少这会分散一下他们的注意力。然后他们会注意到你和我,发现你是羽爪盟,那可不是什么好事情。相信我,你的价值比任何一个人都高。所以,你恨我那是你的事情,你和你的托洛茨基,你那该死的教皇布勒东,还有所有能够忍受这些乱七八糟结果的家伙,那些导致资本主义帝国崩溃的家伙们。但是,如果红色方案成功了,你们和我们都得完蛋!"

"所以赶紧搬救兵啊,间谍小姐!"他应该杀了她,但他明白,如果自己动这个念头,她会先下手为强。他又看了看屏幕上那张脸。

"这座城市里面有阻碍,甚至超过二十个,"她说,"我无法发出召唤,应该没人能做到。有什么事情正在发生,而我现在需要知道那是什么。我的上帝,你难道没有感觉?你能说你没感觉到?就算我能发出召唤,你觉得有用吗?如果有人扛着炸弹进来了,你不能把炸弹引燃来阻止他吧?你知道为什么德朗西集中营的建筑是马蹄形的？那就是焦点，他们都会牺牲成为祭品。"

"阿莱什和门格勒正在召唤什么，"她说，"我们需要的是一把手术刀，而不是猎枪。"

"我可不是手术刀。"他说。

房间里的喧嚣和愤怒的氛围逐渐升起，蒂博想着，可怕的计划即将在占领区里面出现。

"当然不是，"她说，"但我想可以用**它**。"她冲门甩甩头，朝着门外精致的尸体走去。"但是它不喜欢我，而你想**离开**。你要出去，但你不会背叛你的城市。好吧，这就是你离开巴黎，效忠巴黎的机会。所以，蒂博，我们不要再浪费时间了好吗？"

"我不能要求支援，为了骑士。"她挺起胸膛，站得更高。看到她那表情，蒂博都忍不住退了一步，"那，"她说，"就是我，我是被派来的。"

PART EIGHT
第八章

1941年

雷蒙德·库劳浑身汗水。他在炎热中皱着眉头，用衬衫擦拭着瘦削的脸。他在乡村路上快速地行走，猜想普通人大概会以为这里只是寻常的乡村，田野、小径、村庄、教堂，还有当地人的低声问候。那不是事实，这里有一整个中队的维希民兵。在占领区的边界，巡逻队就变成了德国军人。

雷蒙德并不知道他从帕森斯房间里拿走了什么东西，他只知道那是违禁品，不过这世界上任何东西都能卖钱。那个颤抖的小盒子让他皮肤刺痛，眼睛干涩。当他推开门的时候，他毫不费力地拿走了它。那个愚蠢的美国佬还在睡梦里打鼾呢。雷蒙德赶在天亮之前就离开，他亲吻了自己身后的道路。抱歉了，玛丽·杰恩。雷蒙德有种小偷的直觉，他能认出每一件有价值的商品。

他路过教堂，那里的风向标转得太快了点，一只死鸟嵌在树皮里，雷蒙德瞥了一眼就认出那是份祭品。某天晚上，他听到了一阵牛哞，但讽刺的是，那其实是某种东西在模仿牛哞。现在的法国，有太多事情他不想去深究。

　　他的工作是把这个玩意，不管那是什么，带到巴黎去，卖给任何一个讨厌纳粹的人。然后他要去英国，他会带着巨额财富横渡英吉利海峡，加入自由法国军。他会尽可能杀掉德国人，然后，做个大富翁。

　　巴黎：纳粹党和德意志人。

　　雷蒙德走过咖啡馆，里面全是纳粹军官在闲聊，他们全然没注意到这个无害之人。他穿过凯旋门下成堆的自行车，看到一个女人跟一名年轻的德国军官调情。他在想象中杀了他们，先开枪击中男人的头，一击即中，然后几个人在他的尸体上跳舞，把那个贱女人吓得尖叫。

　　对雷蒙德而言，没有比巴黎更危险的地方了，但他并不害怕。他付清了杜伊勒里附近的廉价房间的房费，在这个炎热的日子里，走进了德内斯大道上的一家药剂师店，静静等待柜台上最后一个顾客从药粉包装堆里离开。他才转过身，对店主微笑。

　　"哦，我的上帝，"那人倒吸一口气，"杀手。"

　　"别紧张，克劳德，"雷蒙德说，"我只是想要联系人。"

　　"我联系不到人！现在风险太大了……"

第八章

"拜托，谁信你？就算是真的，那你也得给我找出人来，把消息放出去，我有东西要出手。我会在双叟咖啡馆。你介绍的人，按老规矩给。"老朋友的脸上浮现出贪婪的神色。

"你要出手什么？"

"我也不知道。"

"杀手，拜托！"克劳德恳求道。

"我不知道，真的，你应该知道传闻，"他盯着朋友看，"我到了南边，伙计。你知道那边的局势吧？现在的市场都是些奇怪的玩意，咱就别装傻了。自从那些混蛋来了以后，事情就变得……"他耸了耸肩。

自从纳粹前来，自从他们的黑太阳实验开始，周围诡谲的气氛越来越浓。书本和物品交易的市场越来越不像它应该有的样子。雷蒙德本来对此半信半疑，直到看到帕森斯的电池才相信。

"把这个消息传播出去。"他说。

♟♟♟

两天过去了，没人前来。雷蒙德很有耐心，他坐在咖啡馆里，手里拿着那东西。他能轻易分辨出罪犯、侍者和艺术家。还有抵抗军。别墅里的人们正在咒骂他对吧？毫无疑问，可怜的玛丽·杰恩，他轻蔑地想。

第三天晚上，来了一个大个子男人，穿着油漆匠制服，坐在他对面，问他多少钱。雷蒙德报了价，那人一言不发，起身走人。

隔天晚上，正如雷蒙德所期望的那样，那人回来了。雷蒙德穿过房间的珠帘，他把一张钞票放在侍者的上衣口袋，后者心领神会地离开。雷蒙德在厨房后面等着，挂钩上的厨具摇晃着。那个高大的男人朝他走过来。

雷蒙德打开了他的包，摆在报纸上的是帕森斯的盒子，来人的眼睛瞪大了，"我可以摸一下吗？"他问道。雷蒙德摇了摇头。

厨师假装什么都没看见。

"你能看出来这是什么，"雷蒙德说，"我不知道它到底是啥，我也不在乎。你想要？"

"我想要，"男人说，"不过价格方面还可以商量吗？"

当然，价格肯定是可以商量的。但是那人犹豫的口气，迟缓的答复，还有看到盒子时激动得抑制不住的表情，让雷蒙德斩钉截铁地回答："不行。"

咖啡馆里出现了骚动，雷蒙德飞快地把包一收，挂在自己肩膀上，高大男子回头看了一眼门口，杀手一下子明白自己犯了个大错。他想着是不是克劳德那个家伙出卖了自己，一名身穿黑色制服的军官正扫开珠帘朝里面走来。

第八章

雷蒙德开始行动。

有人在喊叫，侍者和厨师四散而逃，雷蒙德一把抓住还未成交的假想买主的头发，猛地把他推到香料柜后面。

他听到德语和法语的喊话，被他抓住的高大男人挣扎着，雷蒙德一拳搋在他脸上，掏出手枪抵住他的太阳穴。盒子在劈啪作响。杀手雷蒙德·库劳躲在柜子后面，瞥了一眼冲上前来的党卫军，还有个穿便衣的。那人举起双手，手里有光芒在闪烁。

"你被包围了。"有人喊道。

雷蒙德把俘虏推了出去，手枪指着他的后脑勺。"开枪吧，把你的人给灭掉。"他喊着。

"我们没打算开枪，我们只是想要你卖的那个东西。"

穿着长外套的那人身上涌出越来越明亮的光芒，雷蒙德用手遮挡着眼睛。那人变成了一个发光体，他皮肤下的静脉都在熠熠生辉，手在闪光。厨房里的锅碗瓢盆叮当作响。他吟唱着，手指尖形成了一根冰柱，散发出庞大的力量。

杀手开枪了，一名军官倒下，引来一阵回击的枪声，子弹击中了墙壁。当雷蒙德后退时，他仍然抓着那个高大男子。突然，温度一下子降到冰点，一切都失控了，一切发生得太快。杀手毫无目标地开枪，冲着那些他认为那个闪光的男人可能召唤出神灵的地方。

那个盒子嗡嗡作响,声音越来越大,似乎在袋子里唱歌。它在震动,有什么东西飞了过来,然后"砰"的一声,被袋子里的某种无形力量拉了进去,靠在电池旁边,像一只胖胖的苹果。

"不!"①有人喊道,"不要……"②

那是颗手榴弹,雷蒙德在袋子里胡乱寻摸,抓住了它。

那位可怕的魔法师手里放射出庞大的力量,一时间,魔力、咒语、神秘光芒,都和疯狂鸣叫的箱子和手榴弹混在了一起。然后它开始爆炸,猛然爆炸,密闭的环境、刺目的闪光,还有被盗的电池本身。这新的引擎,这承载着超现实主义梦想的一切,成真了。

杰克·帕森斯的盒子成为了引爆一切的弹头。

没有任何东西可以阻止。

爆炸、急速、提炼、魂灵、历史,那狂暴、美丽、武器化的灵魂,变得至关重要。

它展开了。

一声呜咽、一声尖叫,如同昆虫扇动翅膀般的嗡嗡声,一声钟响,全城轰鸣,一声爆炸,一阵横扫,一阵暗涌,一

---

① 此处原文为德语,Nein。
② 此处原文为德语,Nicht。

第八章

颗新星，宏伟庞大的想象力，随机又梦幻。席卷而来的风暴，源自阿诺德①、列菲弗尔②、布拉塞③、艾加尔④、玛克林⑤、艾林·加格尔，还有德斯诺斯⑥、瓦伦丁·雨果⑦、马森、艾伦-达拉斯、伊康、奇奇、里乌斯、布梅斯特，还有布勒东以及全世界所有的超现实主义者，所有他们曾经热爱的一切，以及他们曾经梦想的一切。一场该死的风暴，一次重新的组合，一阵以疯狂的爱为名的冲击，无意识地燃烧、爆炸。

巴黎坠落，或升起，或坠落，或升起。

---

①瑞士象征主义画家，对20世纪的超现实主义画派有很大的影响。
②法国著名的哲学家、美学家和评论家，城市社会学家。
③20世纪欧洲最有影响的摄影大师之一。
④20世纪20年代加入超现实主义运动的英国女画家。
⑤超现实主义流派大艺术家。
⑥法国超现实派中一位有才气的诗人，在抵抗运动中因主办地下报纸被德国占领军逮捕，并死于集中营。
⑦附注：法国超现实主义女艺术家、画家。

PART NINE
第九章

1950年

旧城市的边界仍然被电线和枪支阻挡。"我们没法活着出去。"姗姆说。

但是这条地铁线上最后一个站，丁香镇，就在屏障边缘以东的几条街上。外面，就是封锁区以外的二十街区。

姗姆在第十九和第二十街区的交界处走下楼梯，进入了可怕的黑暗，蒂博跟在她后面。他们走进了一条你永远不该走进的通道，穿过了多年前静置于此的火车，穿过了地下城。

蒂博喘着粗气，小心翼翼，他的双手在颤抖。昏暗中，前方有东西阻碍他们，一个检查站的遗址，可以回溯到最初的那段时光，当时德国人认为道路下方的掠食者还很无害。

姗姆举起相机，从他们面前扫过。蒂博背后跟着精致的尸体。

蒂博等待着那些怪物，他等待着那坐落在它们后腰部的火车，讲故事。

有什么东西从火炬之光中闪烁而过,姗姆用洪亮得吓人的声音吐出几个命令,蒂博完全没听懂那是什么语言。眼前的东西尖叫着冲上来,蒂博开枪了。

这是个奄奄一息的恶魔,像一个萎缩了的人,顶着皱巴巴的脑袋,姗姆的声音和蒂博的子弹撕破了它那点微弱的法力。

我走下来了,它在自言自语,为了回家,为了找到回家的路,嘘,我走下来了。

这个小小的杀戮者是他们遇见的唯一一个,蒂博简直不敢相信。他们终于往上走了,颤抖着上到巴黎的地面,光线刺痛他的眼睛。

他很久没有呼吸过郡区的空气了。空气中有建筑物的气息。在德朗西集中营的屋顶上,蒂博睁开了眼,等着姗姆的解释。

由于遭到炸弹的轰炸,这片区域早就被疏散了。超能体之力对这里的影响要比蒂博知道的街道小得多,但仍然是一片荒芜和破碎,平凡的毁灭。

他们之前的行动非常迅速,焦急,但沉默。蒂博似乎流露了些许迫切,精致的尸体为他们折叠了一点空间,所以他们虽然走了几英里路到德朗西集中营,但所用的时间比预计

第九章

的少。现在太阳已经升起。蒂博和姗姆俯视破烂天窗下面的空走廊。

"你说以前见过布雷克的石雕,"蒂博开口,"那是什么时候?"

姗姆瞥了他一眼,又转回了视线。

"为什么是我?"蒂博又问道,"你为什么带我来?"

"是你跟着我来的,"她终于开口,"这是好事情,因为那个东西。"她看着站在房顶、像个烟囱一样的精致的尸体,"它们从来都不喜欢我,超能体,它永远不会让我靠近。"

蒂博抬头望着天空。"你利用我接近超能体?不管是哪个?你是在刻意寻找类似我这样的人?"

"怎么怪我头上了?明明是你先找到我的,在森林里。"

"没错,但是,不管怎么说,我不明白你是怎么跟上我的。"

"别自作聪明了。"她说,她把手放在屋顶的板条上。在大楼深处,蒂博听到一阵微弱的风声。"你想知道真相?事实上,我要是能追踪到像你这样的人,我早就追踪了。没错,我是想要一个跟超能体关系良好的人,因为我想要一个超能体,但我确确实实是被追杀,然后凑巧遇见你。"

"你是超现实主义者,你是个抓住了客观机会的人,你想知道有关红色方案的事情,你想知道发生了什么。嗯,整个巴黎都听着呢，蒂博，是你找到我的。"

她的脸扭曲了，下面的风声越来越大。

"你在干什么？"蒂博问道。

"你以为美国战略情报局能够让我们逃离雷克斯大剧院？"她咬紧牙关说，"上帝啊，这里真结实！你以为美国人就能让我们通过地铁？"她的手没法稳定。

蒂博记起了在桥上吹散幽灵的风，姗姆的照相机挂在她脖子上，但现在震颤的不是照相机，而是她本身，她脖子上的肌肉鼓起，眼睛变成了黑色。大楼里发生剧变的源头不是照相机，而是她。

"所以你让我跟着你，因为这玩意听我的？"蒂博追问，"因为它可以进入咖啡馆？"

"它不喜欢我，"她喘息着说，"它能闻到我身上的气味。"她笑了笑。"我负有特殊使命，没错。但不是美国人，不是美国战略情报局，也不是英国人，不是法国人，不是加拿大人，什么都不是。"她的手用力地压在屋顶上，似乎要把它的材质压扁。"砰"的一声，在楼下的庭院里，整个德朗西集中营的士兵们出现在阳光下。

"我从来没放弃之前告诉过你的那些超自然的东西，"姗姆喘了口气，"你已经知道我要跟你说什么了，蒂博——你一直在看着我。你无处可去，你也无能为力。是的，你是我的

第九章

敌人，但纳粹也是我的敌人，他们也是你的敌人。"

"魔鬼和纳粹合作得不那么好，只是他们必须合作，他们只能结合在一起，这是契约，不管它喜欢与否。这就是魔法。S大爆炸或者其他什么锁死了大门，我倒是很想呼叫支援，正如你所希望的，但路线关闭了。我的头儿派我进去，因为我来自这里，所以不会被困在这里。我比任何人都了解这个世界。"她在他面前张开一只手，手里覆盖着冰霜，然后又被黑暗覆盖。"我在执行秘密任务，没错，非常之隐秘。双倍的。美国战略情报局的人员名单上确实有我的名字，但那只是表面身份，蒂博。我为之工作的机构，用白话来说就是'黑暗精华'。你和我都无法说出它的真名，不能从我们嘴里说出来。这是地下世界的秘密情报机构。"

"我是来自地狱的间谍。"

蒂博和姗姆跟着精致的尸体，沿着烟雾缭绕的走廊急奔。年轻的德国士兵出现，举起了枪。姗姆用巫术之火带走两个，第三个被蒂博用子弹搞定——虽然没瞄得很准。他的心里满是震撼，超能体终结了另一个，用超现实主义式的暗杀：那个被它凝视的人突然坐下来，解开纽扣，看着自己的身体，随即变成一只装满愤怒乌鸦的笼子，然后，一切静止了。

我和地狱来使混在一起了。蒂博觉得头晕目眩,但并非耻辱。大概比起地狱,他更憎恨纳粹侵略者吧,他想着。几乎没有恶魔乐意待在巴黎,它们只是粗暴地服从纳粹的命令,仅仅如此。

"你并非它们中的一员。"蒂博对姗姆说,他跟着她穿过走廊,没有问为什么她能够为恶魔效力。

"地狱并不想冒险跟德国人开战,"她说着,环顾四周,然后冲他招手,"人类代言人如此说。这里发生了什么事情,但我们并不知道具体是什么,甚至影响到了所有郡区。巫术阻挡了我们的视线。"

"你为什么会在巴黎城?"蒂博问,"为什么你们不愿一直待在这儿?"

"因为双叟咖啡馆。我们必须得到那里的东西,有个愚蠢的家伙自以为是地做了这一切,不知道为什么,那是在1941年,一个叫做帕森斯的美国白痴,还有一个叫做库劳的窃贼。我们以为机器仍然是关键之物。"她说着,摇了摇头。

"那就是你看到布雷克石雕的时候?"蒂博在走廊停下脚步,抓住姗姆的胳膊,迫使她面对自己,"你胶片里的那个头颅,还有巨大的手臂,还有大象西里伯斯……"

"基督啊,"她用英语说,"把你的手拿开。我看到的,"她顿了顿,"是布雷克的石雕杀了你的老师们,那张照片是后

第 九 章

面拍的了。"

"当时你在场?那场伏击?"

蒂博终于知道是什么终结了伊可和其他人了,以及纳粹的猛攻是如何形成的。那个永不停止冲锋的大理石雕,他的血液加速流动,"到底发生了什么事?"

"没有用的,"她说着,带着几分关心,"纳粹知道这一出,这就是为什么布雷克石雕会等在那里。他们渗透进了你们的地方,才有了那次伏击。"

"你怎么会知道的?你怎么会知道在那里?"

沉默了好一阵。"当我在第八区的时候,"她终于开口,"在他们的办公室。你曾经问过为什么纳粹要追杀我,我拍到了什么样的照片?好吧。"她耸耸肩,"我想,他们以为我知道更多事情,不过我确实看到了计划。"

蒂博的呼吸急促起来。"反击计划?那你居然什么都不说?你为什么不告诉他们?"他的声音越来越高,冲着她大吼大叫,"你就没试过告诉羽爪盟会发生什么吗?"

"我不知道接下来会发生什么,只知道会有事情发生,"她很平静,"另外,最关键的是,我没有时间告诉任何人。"

她都说过多少次想要拍下一切的照片?

"你确实不知道会发生什么,但你希望发生什么,"蒂博说,"你没告诉他们因为你以为这就是红色方案,而你想要搞清楚那计划到底是什么。"

"是的，"她承认，"确实如此。我没法阻止你的同志们在自杀式的进攻中丧生，自由法国军也袖手旁观，你知道吗？他们也在那里，但他们也没介入。就算我愿意，我也救不了你们的人。但我可以弄清楚那些文件里面提及的'秘密乞灵'是什么意思。听起来像是他们遇到了大麻烦，你很难想象我看到只有一个超能体的时候有多惊讶。"只有一个，布雷克的石雕。

"你就眼睁睁看他们送命！"

"我需要知道纳粹军到底在干什么，这样我才能制止他们。至于你的同志们，"她嘲讽地说，"反正都得死的。不管怎么说，我是为地狱工作的，蒂博。"

姗姆握紧拳头，张开嘴，发出无声的咆哮，蒂博听到其他楼层窗户玻璃破裂的声音。他想说点什么，但纳粹军已经出现在这条走廊上，卫兵们正在朝精致的尸体开枪。它摇晃了下，但又站稳了。它穿过走廊，在士兵们的头上摆动身躯，推开一扇门，彬彬有礼得像个牧师，等待着它的同伴。

"这次以后，"姗姆说，"我们可以做到这个了。但现在？可以吗？"她指着路，蒂博看向她指的方向，入口处闪烁着光芒。

沉默了许久，他一言不发。她朝那入口走去，他跟着。

第九章

巨大的房间，德朗西集中营的中间被挖空了，四周都是管道、门墙，还有残垣断壁，勉强能分辨出，在那些被维希政府定义为不法分子的人被转移之前，这里曾经有铺位、办公室、实验室和刑讯室。房间里满是可怕的机器。

惊慌失措的科学家和党卫军在阿莱什的十字架塑像下，拨弄着仪表和转盘。他们无法离开，姗姆用魔法火焰囚禁了他们。天花板上就有个印记，蒂博抬头看的时候感觉伤到了自己。

在房间中央，牧师们围着一个篷布罩着的庞然大物，站成一圈，他们身上都缠着电线和链条，像一排人形篱笆。他们急切地祈祷着，拨动着念珠。

篷布下面似乎覆盖着一团巨大的怒火，它号叫着，挣扎着。

在十字架下面，蒂博看到了阿莱什本人，牧师也看到他了，然后一脸凶狠地举起了手。

一个穿制服的人走上前，端起步枪。一张近乎孩子气的脸，一头被汗水打湿的黑发，歪着嘴巴，咧嘴露出牙齿。约瑟夫·门格勒，他瞄准了入侵者，也是所有盖世太保的目标。

姗姆一挥手，巫术照相机炸开了一个男人。蒂博举起步枪，用尽全身的怒火开枪射击。一群长着猫头鹰头的水壶从天而降，骚扰着盖世太保们。

精致的尸体向德国人跑去，士兵们徒劳地朝它开火，有人大声咒骂，超能体靠近他们了。它挥舞着手里的锤子，击碎纳粹军的身躯和武器。他们一边尖叫，一边顽强地开枪。

"把阿莱什带出来！"姗姆大声喊道，"还有门格勒！"她抢着上去掩护，精致的尸体朝牧师阵营走去。"快点！快点！"她咒骂着，"这该死的医师！"

蒂博大声朝超能体重复了姗姆的话，但超能体愤怒了。他试图阻止它，用各种方式传达指令。它应该听到了蒂博无声的请求，只似乎选择忽略。精致的尸体靠近了牧师的祈祷环。

它飞身而起，它伸出僵硬的腿，然后轰然踩下，它踩死了一个牧师。

剩余的牧师尖叫起来，他们看着死去的同伴。篷布传来撕裂的声音。

"等等，"姗姆喊道，"它打破了循环，那些机器……"

"你做了什么？"有人用法语愤怒地喊着。

篷布裂开，钻出来一个炮弹，发出轰鸣。一道火线冲出，在墙上炸开了洞。

寂静无声。一只手从撕裂的篷布下伸出，紧紧地抓着它，咆哮声响起。

第九章

牧师们扯开了连接他们的电线，拼命往外逃，阿莱什全身贴在墙上，大声喊叫。门格勒也开始逃跑。下方的东西一把撕裂篷布，随着一声能把墙壁震塌的巨响，野兽撕开了遮盖自己的篷布，站起了身。

红色方案。

履带碾压了一切，油布碎裂，下面是一辆坦克。三号坦克在战斗现场轰然前行。底盘和炮塔的前面是一个巨人的躯干和头颅。一个男人。

红色方案。

那是个大人物，他戴着一顶超大号德国头盔，皮肤呈冷白色，静脉和肌肉纠结突出，像盘绕在身躯上的虫子。眼睛里充斥着阴影，嘴里满是锋利的牙齿。他巨大的手臂鼓起。

恶魔出现了，一半是坦克，一半是庞大的人像。

挂满了德国军旗。

"他们自己制造了恶魔！"姗姆尖叫，荒谬一如既往，她拿起相机开拍。她的脸上满是仇恨，"他们制造了它……"

德军的命令，门格勒的生物学研究，阿莱什的堕落信仰，地狱原住民的破碎，超能体显形艺术的力量，还有他们那残忍的科技。制造出一个可怕的恶魔，一个忠诚于纳粹的恶魔。纳粹胜利的象征，法国失败的化身。

但此刻他们的保护不再稳定，环绕着它的牧师祈祷已经消失。红色方案，终于现身。

它抓住两个正在往外爬的牧师，把他俩的头狠狠地撞在一起，牧师死了，那恶魔抓着它们残破的尸体，当作武器，用来对付他们的战友。

它咆哮着，那声音不成语调，喷出灰尘和废气。

姗姆上前，猛地释放出魔法。

门格勒抓着阿莱什的长袍，冲他大叫，让他集中精神。房间里满是烟尘瓦砾，还有在地上爬行的牧师和受伤的士兵。纳粹医师站在恶魔前行的路上，拍了拍阿莱什的脸，指了指。

红色方案的成果正向他们滚滚而来。

"你会听我的……"[1]门格勒喊道，阿莱什使出一些神圣的法术，恶魔躲闪开来。

在巨人后面，坦克机枪旋转，枪管撞上了它苍白的人形，推动它前进。"我的上帝。"蒂博低声说。

魔鬼咆哮着，金属的枪管猛地刺入它的身体，撞碎了它的肋骨，撕破了皮肤，滴着鲜血，横亘在人形身体里的枪管让恶魔的伤口无法愈合。

---

[1]此处原文为德语，Sie werden mir gehorchen。

第九章

恶魔尖叫起来。

枪管正好穿过恶魔胸膛正中心,在它的末端,恶魔制造得不那么完美,骨头往后推挤,血液外涌,皮肤也没法融合。坦克枪管发出可怕的"噗噗"声,发射出子弹,腐烂的血肉随之掉落。

"你……"①门格勒刚开口,又沉默了。他举起手里的枪朝恶魔射击,他可不会瞄不准。恶魔不断前进,坦克机枪继续转动,腐烂的血肉不停滴落。阿莱什念着祈祷的经文,推着门格勒朝前进。

恶魔狂笑,开火,医师在血液、火焰和枪林弹雨之中消失了。

精致的尸体开始进攻。

它疯狂地朝红色方案冲去,对恶魔的仇恨驱使它狂暴地进攻,并给它带来转变。齿轮吱嘎作响,恶魔也朝前移动着,它反手一巴掌拍向了精致的尸体,让超能体打了个转。

被制造出来的恶魔和显形的艺术品围绕对方转圈子,超能体稳健地挪动脚步,老人的眼睛凝视对方。机械恶魔急速旋转,让艺术品一直呆在它的视线范围之内。它的枪管缩回

---

① 此处原文为德语,Sie。

了恶魔体内，让它发出一声尖叫，然后枪管又伸了出来，透过胸骨瞄准敌人。

超能体的四肢都在震动，那股庞大的力量让空气都随之波动。但眼前的恶魔是它从来没有面对过的敌手，恶魔以一股排山倒海的气势前行，枪管直指精致的尸体。

蒂博发出无声的警告，但恶魔没有开枪，它那样子看上去很古怪。它伸出手，抓住超能体，一根根巨大的长钉子出现，钉住了精致的尸体每一个连接处。恶魔的爪子收紧了，精致的尸体颤抖起来。

这个由科学和神学共同创造的恶魔，它的出现是为了服从和违抗某种禁令，是恶魔具象化的极限。它抬起了巨大的人脸，发出一声嘶吼。

它用可怕的力气一扭，恶魔撕裂了精致的尸体。

一股庞大的能量爆发，一次剧烈的释放。每个人的身躯都在震动，超能体的组件分散开来，引擎发出嗡嗡的声音。

当蒂博回过神来，他抬起头，看见魔鬼正在吮吸精致的尸体残破的头颅。它在断裂的机械上舔舐，把它撕开。蒂博忍不住一阵干呕，魔鬼继续它那恶心的行为。

这些能量足以让恶魔维持显形，蒂博明白过来了。燃料就是那些祭品，这就是保持这个秘密通道开启的方式。他们

第九章

可以攫取地狱的血肉，制造了这个玩意。它可以吞噬艺术。

恶魔把精致的尸体的头扔到一边，它的腿在另一边。

姗姆疯狂地叫着蒂博的名字，她在跟阿莱什作战。蒂博跟跟跄跄地朝她走去，他举起步枪，但不敢射击，怕误伤到姗姆。他们在尘土中搏斗，用各种仪器和刻度盘。蒂博感觉到坦克履带前行的震动，恶魔很快就要来了。

他看到姗姆不顾一切地用一把锐利的三脚架刺伤了阿莱什。

主教尖叫着抽搐起来，姗姆狠狠地把他压在地板上，用手里的武器再一次刺入他的身体。他呻吟着，她朝着自己的相机大吼。

一台收音机也加入战场，难道是要调出往生的频道？她伸手按下纳粹引擎的按钮。

红色方案伸出它的大手在摸索，它那张巨大的人脸露出微笑。它的枪管没有从身体里伸出来。

恶魔朝着姗姆而来，后者不断地按压引擎按钮，按照某种顺序，突然出现让周围都寂静的破裂声。"找到了！"姗姆用英语大声说，"打开了！就在这里！"

红色方案在巴黎被释放出来，它将吞噬整个巴黎城，并变得更加强大。

它举起手臂，姗姆再次对着照相机尖叫，房间里隆隆作响。

红色方案低头往下看。

低沉的轰隆声逐渐变大，上升，随着多普勒频移，越来越高亢。从下方传来尖厉的声音，像是一架飞机在巨大的洞穴和隧道中疾驰，不断地发出尖锐的声音，令人无法忍受。蒂博和姗姆捂着耳朵，他看到恶魔也做了同样的动作，它的表情很痛苦，蒂博感到内心一阵震颤，有什么东西要从地底下冲出来。

平地惊雷。

一阵大乱。蒂博被飞溅的石块砸得滚到一边。

炸弹爆炸了，从地底而来。蒂博匆匆一瞥，看到了火焰和爆炸的巨大威力，还有一根点燃的羽毛，从下方冲进了半坦克半人的恶魔体内，把它裹在火堆里。火焰熊熊燃烧，恶魔痛苦地咆哮，它突然上升，然后停在空中，然后，像被火焰冻结在半空，一切静止了。

蒂博还没从惊讶中回过神，就看到一切突然飞速逆转，像卷胶片那样，把地面上的一切都吸走，冲回了深渊。那坦克状的恶魔也不例外，被拖回了地下，只在地面上留下了一道痕迹。

蒂博一直止不住咳嗽，地面上留下了一个黑色的巨坑。

第九章

坦克不见了，坦克残骸也不见了，人的躯干也不见了。蒂博站在那里。

很快响起了敲击的声音，在另一个房间里，传来一阵微弱的噼啪爆炸。蒂博畏缩地一颤，但很快，声音消失了，他镇静下来。

"我终结了它们，"姗姆低声说，蒂博的耳朵嗡嗡作响，但仍然能听清楚她的话，"他们打开了一扇小门，但我让它变大了。"利用**那些祭品牺牲时候的能量**，还有她对阿莱什的所作所为，"它们必须得上来，为了那个……东西。"

她倚靠在墙上，机器还在不停地往外冒火花，还有几个研究人员幸存了下来，在尘土中爬行。"那玩意，"姗姆朝他们喊着，"**严重违反了那该死的协议！**"

"你说过……你的头儿……无法干预，"蒂博说，"或者不会去干预。"

"那也得有个限度。你看到了那些牧师的所作所为，如果没有超能体……阻止他们。另外我的领导们想避免正面对抗，但我终结了一切。它们当然不会坐视不理，这将是一次严重的外交事件。"

蒂博忍不住笑了，笑个不停，牵动了全身的伤口。

连姗姆也忍不住笑了。

他们在废墟中艰难地行走,还有些幸存的德国士兵不时爬过。犹豫了下,蒂博捡起了精致的尸体的头。

它的头差不多跟蒂博自己的一半大,但鲜活明亮,就像是混凝纸做的。它转动着悲伤的眼睛,看着他。生命力的最后残留。他胡子里的火车发出一阵呼哧呼哧的声音,但车轮再也无法转动。

他们进入了走廊,尽头是一间堆着可怕事物的房间。农家宅院的碎片、一个腐烂的大象头、树叶、网球拍、睁大眼的鱼、残肢断臂、手枪、一个小雕像、一堆炖锅、一个球体。

"这些都是用来组合精致的尸体的。"蒂博说着,阴森的组件,破烂的坟墓。对面是另一排机器,一台引擎,还有一个像囚具一样的单人床。蒂博的胃因为这些可怕的东西在抽搐。

"他们一直在制造超能体流血事件。"姗姆说。

三面墙都开裂了,混乱不堪。房间另一侧倒是非常整洁、完美,完美得不自然。窗户一点没破,墙上的裱糊都干净整洁。

"我从这里听到过另一种声音。"蒂博用步枪仔细翻屋里的东西,然后用手摸索,腐朽的梦境显形,弄脏了他的手指。

姗姆笑了笑,但蒂博一脸严肃。他在想那些死去的羽爪盟成员。他看着那面完美的墙壁。

第九章

"你的领导们炸毁那玩意的时候,一定耗费了大量的能量。"蒂博说。

"这是件可憎的事情。"姗姆说。

※※※

我拯救了巴黎。蒂博忍不住想,摧毁了一个新的恶魔。*我拯救了世界*。他感觉平静无波。外面的阳光都显得和旧城的不一样。

是这样的吗?他们完成了壮举?

"那些士兵在哪儿?"他问道。

他们孤独地前行,没有受到任何骚扰。他们迫不及待地等着敌人,这么大动静,肯定有人来,但是没有。宽慰、迷惑,又紧张地保持警惕,蒂博和姗姆小心地穿过肮脏破落的建筑和遍地瓦砾的拐角。他们握紧手里的武器,在这个鬼魂毗邻,被战争玷污的地方游荡。蒂博突然意识到,自己又回到了旧城区。

突然间,他们出现在一个完美伸展的巴黎城里。最可爱的城镇,最漂亮的房屋。完美的线条,鲜艳的色彩,毫无战争的痕迹。连天空看起来都格外明朗。

姗姆和蒂博迷惑不解地停了下来。人们到哪儿去了?这个地方怎么可能这么干净?街上空无一人,太阳高悬,阴影全无。街上洋溢着清新的感觉。

"我们为什么必须待在地底下？蒂博认为他们应该是穿过了那些建筑的外壳。纳粹军在哪里？他看到那些漂亮的房子上没有战争的痕迹。

"这件事情就太没道理了。"他说着。

"真的？就一件事？"姗姆问。

他们走了很长一段，完美无瑕的街道，没有看到任何人。

经过一家大酒店，风景如画，一尘不染，一片荒芜。

"问题在于，红色方案已经被唤醒了，"蒂博缓缓地说，"也许他们在让它显形的方面没什么问题，他们牺牲了很多。他们记录下了类似的东西，对吧？他们的问题在于把它带上来。就算不能出现，但红色方案已经显形了，也许他们也能意识到，他们控制不了那恶魔。甚至他们也想摆脱它，但他们没有力量击杀它。可是，如果出现什么他们无法控制的东西该怎么办？还好红色方案被拉下去了。"

姗姆一言不发。

"被你的领导们拖下去的。你听到那个声音了。当然，红色方案死的时候释放出庞大的能量，所以，也许，最后……不管怎么样，那么大的能量，足够了。"

"当你杀了它的时候，"蒂博说，"或许是另一种祭祀和牺牲。"

第九章

他注视着手里超能体头颅的眼睛。"如果杀死一个精致的尸体能够给红色方案提供饲养的能量，"他低声说，"那么，杀死红色方案能提供出饲养什么的能量？"

姗姆和蒂博看着彼此，都没开口。

他们开始飞奔，穿过街道。这些街道不仅是太干净，太完美，太空旷，更是看起来太不真实了。蒂博感觉那更像是污渍、污垢。

"我们以为是超能体提供了饲养恶魔的能量，"姗姆说，"反过来想呢？他们是用什么能量显形超能体的？"

那到底是什么力量？

他们一直在尝试控制显形的艺术品，狼桌怪的绳鞭，还有布雷克的石雕，崩溃以后还听命于纳粹军。

"他们在尝试召唤什么。"姗姆说着。他们听到枪声响起。"秘密召唤，但是失败了。"

"只有，"蒂博接道，"我们才成功了。"

在巴黎街头，他们向西朝着二十区的边缘跑去。他们终于看到了这片像被印花布覆盖的完美城市的边缘。在那里，德军的阵地、吉普车、枪支、迫击炮、预备队，又出现了。城市突然变得混乱不堪、肮脏破旧，再也没有那完美的模样。到处都是废墟。

在他们和等待进攻的纳粹军之间，墙壁上发生了细微的变化，显现出一个穿着棕色制服的身影。

那个年轻人慢慢地走向旧城，仿佛在梦境中，或是在慢速播放的电影中。他的脚步凌空半晌才踏到地面，他穿着旧式的制服、高筒袜，他黑色的头发里有一些奇怪的苍白。

姗姆脸色刷地变白了。"不。"她轻声说着。那个年轻人朝他们走来，德军也开火了。

蒂博惊讶得几乎摔倒，那个年轻人无视所有朝他飞去的子弹。他盯着正在靠近的枪手，那人目光所及之处，房屋开始上升。

崭新的房屋凭空而出，拔地而起，干净、清洁、漂亮，但苍白、几乎呈半透明状。士兵，所有的士兵，就在房子出现的地方上的那些士兵，全都不见了，随着那个年轻人的目光扫过，都不见了。

巴黎城市光鲜的外表重新出现，当这个身影凝视出一栋栋建筑时，它比任何时候都要漂亮，无比完美，而且，空无一人。

"恶魔根本就不是什么红色方案，"姗姆说，"杀死那个恶魔，然后我们召唤出一个超能体。我的上帝啊，它带来了一座城市。"年轻人的目光重塑着整个巴黎城的轮廓，并非重建，而是重新塑造。一种假象，从来没有过这样的巴黎。一个令人厌恶的假象。

第九章

"他们发现了一幅自画像。"姗姆说。

最后一批纳粹士兵湮没了,那年轻人发现了姗姆和蒂博,正在慢慢地朝他们的方向转头。

"他从来没有重建出人形,"姗姆低声说,"他无法绘制人像。所有的东西都是空的,即使他自己,也没有五官……"

那个身影转过来了,蒂博看见他那张空白的脸,空的,什么都没有。本该是眼睛的地方只有一根线条。像鸡蛋一样空白,可怜的、怯懦的表演,来自一个可恶的年轻艺术家。

"这是一幅自画像。"他听到姗姆重复了一句,她和蒂博互相握紧了手,惊恐得颤抖。

"阿道夫·希特勒的自画像。"

他们试图逃跑。蒂博一边喊一边抓住了姗姆的背包,随着水彩画超能体的视线扫向她,姗姆以非人的力量移动,她从自己的雇佣者那里借来了可怕的速度和力量。她的眼睛闪烁,一股能量的光晕在她四周弥漫。她纵身一跃,寻找掩护自己的墙壁——她的动作慢了下来,放开了蒂博。希特勒超能体转过身,那双睁不开的眼睛看向了她,她周围破烂的建筑成为了明信片上的风景。可姗姆本人冻结了,她在空中凝住了。自画像看了她一眼,她消失了。

消失了。姗姆不见了,在超能体的注视下,彻底消失。蒂博朝后爬着,咬着牙叫着她的名字。

街道很漂亮，可她却不见了。

他太慢了，为时已晚，他知道自画像已经看向了自己，现在。

他用尽全力把自己砸进一个地窖的窗口，当他跌倒在地，碎玻璃在他身后愈合，像糖片一样脆。希特勒超能体仿佛在修正历史，用它的目光。

在自画像视线的背后，凝视召唤的背后，战争的残骸依旧存在。蒂博手里还提着姗姆的包，而姗姆本身却不见了。

他爬上楼梯，迅速寻找方位，然后从另一扇窗户爬进去，来到一条还没出现在超能体视线里的小街道。

姗姆真的不见了。蒂博可以看到有少许幸存的德国士兵，都带着伤，在地上缓慢地爬行。他们可能在超能体凝视的时候正好躲在障碍物背后，当它离开的时候，他们成了这幅完美图画中的瑕疵。毫无生气的街道出现在它前行的路上，因为超能体的外表吓住了士兵，他们不敢出来。

一个没有五官的小超能体，带来了和平与美好，结束了满城废墟的时代。哪里有不协调的东西，哪里就将获得它的目光，拥有和平，甚至不是死亡，而是化为虚无。

巴黎将成为一座空城，只留下漂亮的建筑物。

这就是元首的自画像宣称的新世界。

蒂博背靠在一堵完美的墙上，当超能体走过的时候，他

第九章

保持在它的视线之外。等它经过,他从墙后冒出头,瞄准了自画像。他开枪了,他打偏了。超能体继续前行,蒂博又一次开枪,但超能体无视他的存在。当它穿过旧巴黎的界限时,他发出一声怒吼,那是他的家,即将被超能体化为可怕的虚无。

自画像将造就一个古怪的城市,一切都会终结。超能体的斗争,愤怒的烟雾,咕哝着的墙壁,争取信仰的斗士,自由或是堕落的党派。人类如粪土,准备着生存,或是死亡。

蒂博听到了一阵嘴唇翕动声,他的手里,精致的尸体的头颅在动,他能看到它头颅上的脉搏,胡子里的火车冒出了烟。那张脸朝着他露出微笑,似乎知道了什么,它迎上蒂博的视线。

蒂博在自画像背后的美丽街道上奔跑,空洞的建筑物,它的目光的造物。元首的超能体,蒂博手里精致的尸体嘴里咕哝着鼓励的话。

希特勒超能体站在旧城的边缘,他听到了蒂博的脚步声,转头朝他看去。

蒂博根本没有什么计划,也没有想法,他只能在希特勒超能体的目光真正落到自己身上之前,扔出了手里的东西。

精致的尸体的头颅正好迎上了超能体的目光,它没有消失,而是在空中划过一道弧线,击中了元首的自画像。

蒂博眨了眨眼，低头看着自己，他还在，没有消失。他没有被希特勒超能体看到。

元首的自画像跟一个巨大的头颅在搏斗，一个自己倒下的头颅，像狂欢节的装饰，精致的尸体的头颅随着元首自画像摇摆，面具遮住了自画像的眼睛，挡住了可以把一切变为虚无的凝视。

自画像挣扎着，蒂博几乎可以感受到那股庞大的能量，精致的尸体头颅脸上露出痛苦的表情，它快变成半透明的了。几乎被自画像的凝视驱散。但随着咆哮声响起，头颅的存在又变得凝实起来，仍然留在那个位置。

某种力量展开了，某种存在开始洗牌。

水彩画自画像好似穿进了一只超能体靴子，穿错了的靴子。它的头不再是艺术家选择的那样，阿道夫·希特勒超能体的脸开始随机变化，不停翻动，出现大量可替换的内容。蒂博看到一大堆乱七八糟的东西随机出现在超能体的头上。然后它的腿也不再是腿，变成一连串乱序的物体。它的身体也如此变换。

它变成了三种物体随机组合成的超能体。

虽然仍可见到那棕色的制服，那独特又丑陋的空白头颅偶尔也出现在一堆随机串联的物体中。但摇摆的超能体再也不能稳定地保持它们的状态，水果、砖头、蜥蜴、窗户、薰

第九章

衣草、铁轨和无穷无尽的东西,突然出现,持续瞬间,然后重组。

它变成了精致的尸体,它重组自身,它脱离了艺术家的创造。

在它的身后,随着它的身体不断变换,那自我梦境中的完美景象,那些漂亮得不真实的建筑,又分裂了,不再完美无瑕。它们颤抖,它们褪色,它们崩溃,它们的轮廓又成为了谬误,它们又回到了破碎,变回废墟、烟尘,一切回到了原本的样子。岁月侵蚀、战争摧残、历史再现,巴黎,仍然是那个巴黎。

一声尖叫,一次沉淀。光线变化了,太阳出现在前面。蒂博渴望结束这一天,他跪了下来。他跪在巴黎的入口处。他低下了头,这个城市恢复到原本的样子。

蒂博面前,须臾之前还是希特勒超能体存在的地方,现在精致的尸体站在那里。

它又恢复了高大的模样,还是那张老人的脸,头发里长着一片叶子,还有一只毛虫。身体是砧板和各种模块拼接起来的。它歪着身子,不,蒂博意识到,它是在鞠躬,它在告别。

精致的尸体转身,迈着优雅的步子,从蒂博身边走过去，跨过界限，进入了十九区。很快，平民和游击队都会知道发生了什么。

侵略者对边界的控制没有太久，重建城市的计划失败了，所以一切又回到了原点。他们又将用传统的方式控制这里。蒂博在外面，自从希特勒超能体的凝视之后，他孤独地站在那里。不过用不了几个小时吧，边界会重新开放。

精致的尸体走在塞律里埃大道上，它的身体闪烁着，像是火车时刻表。它重新组建了自己：这次由四个部分组成，水生物的脚、女人的腿、立体主义艺术的身躯、扁平的头。噘起的嘴唇有着梦幻般的色彩。它继续前进，进入城市，在那里，它还会不断变化。

蒂博朝东边望去，旧城之外的街道再也不是一片病态的完美，但仍然空无一人。

他几乎可以去到任何地方了。他久久凝视城市的中心，然后转身，最终去了他从小就熟知的街区。那里还有战斗。

他充满了渴望，享受着不再压抑的空气，已经很久没有呼吸到这样的空气了。他的前途很清晰。

还要找到其他的相机，在巴黎城。

《新巴黎的最后时光》必须要写出来，即使这不是最后的时光。他暗自决定。

第九章

蒂博保留了姗姆的记忆,他祝福她。*我有任务在身*,他想着,*从头开始,重建历史,由我书写。一本新书。*

他把她的笔记本和底片放在她的背包里,把背包深深地埋在路障砖块的一处洞穴里面。区域的限制。他把她的记录,背叛和阴谋的证据、秘密计划、咒语和异形的艺术、实体化的边缘,都留在了这里,留待有缘人。

阳光照进了受一切影响的边界,破坏了的地方仍然在碎裂。他等待着,直到看到了天空飞翔的蝙蝠。然后,蒂博带着一身的伤痕与疲惫,欢欣鼓舞又小心忐忑地深吸了一口气,跨过了边界,回到了新巴黎。旧城。

后　记
《新巴黎的最后时光》是怎么写成的

　　2012年的秋天，我的出版商发给我一条手写的留言。这条留言来自于一位我很多年都没想起过的人。我们俩曾在同一所院校读书，但分属不同的系，我和她并不熟识，尽管我们去过不同的部门。现在距离最后一次我们聊天差不多有快二十年的时间了，以至于一开始看到她的名字我都没想起是谁。

　　我在网上搜索了她的名字，相关的信息唤醒了有关她的回忆，填补了我记忆中的空白。我认识她的时候，她念的是艺术史。看来她似乎在欧洲的大学里继续教授这门学科，专业方向是现代主义艺术。据我所知，90年代末，她因与科学家、哲学家进行短期合作，上演一些介于表演和先锋派之间的艺术而为人所知，标题诸如"不是河流是河口：驶向奥雷利乌斯上游"和"过去曾拥有，如今空留憾"，但我查找不到任何关于这些事情的细节或描述信息。

后　记

　　大概到2002年，她的网上信息都没有了，她似乎在网上彻底销声匿迹了。直到我收到她的留言。

　　她的留言简洁明了。大概是读了我先前写的一篇关于超现实主义的文章，这让她想起我对超现实主义运动的浓厚兴趣。基于此，她说她因为某个非常想见我的人才来联系我，并且她确信我也会对此感兴趣。但她说这种可能性微乎其微，"有些门只会偶尔短暂地打开"。

　　她给了我法灵顿一家旅馆的名字、房间号码、日期和时间（离彼时只有不到两周的时间），并告诉我记得带上笔记本。这就是全部的信息了。

　　我不知道为什么我没有忽略掉这条留言。大概主要是因为我的好奇心，我承认这些年来曾收到过很多古怪的邀请，但没有一条像这样透着模糊积极的迫切感。不管怎么说，在我满是不情愿的磨叽和纠结后，我依然如约来到那家略旧但还不至于令人沮丧的旅馆，敲响了房门。连我自己都感到讶异，要知道我可是遇事一觉得不舒服就马上逃离的人。

　　吃惊的是，为我打开门的是一个老人，而不是记者。他有礼地站在一旁请我进门。

　　他年过80，但站得笔直，头发并未全白，看起来瘦削而强壮，穿着一件过时但干净的褪色蝙蝠衫。在接下来的几个小时里，他始终面带猜疑。

当听到我询问我的熟人后,老人很不耐烦地摇了摇头,用法语咆哮着回答:"Ç'est seulement nous deux(就只有我们俩)。"

我的法语很差,听力比口语表达要稍微好点,但最后的结果也差不多。

听我做完自我介绍后,他除了点了点头外,就没有任何其他的反应了。

房间里就一把椅子,他把上面的包挪开后,示意我坐在椅子上。考虑到他的年龄,我犹豫了一会儿没有去坐,但他不耐烦地又作了请的手势,于是我只有坐下了。接下来的大部分时间里,他都一直站着,不时踱下步子,或者来回换下腿,看起来精力充沛,保持警觉。即便他坐下,也只是坐在干净整洁的床铺边缘,而且也不会坐太久。

老人说他知道我是作家,并且对超现实主义和激进政治很感兴趣。基于此,他想给我说个故事。我承认我确实对超现实主义和激进政治颇感兴趣,但声明自己绝不是运动史专家。我告诉他有很多人比我更加专业,他和我的熟人也许应该找找其他人。

听到我的话,老人的脸上浮现出少见的冷笑。

"Elle a déjà essayé(她已经试过了)。"他说。他补充道,我是她联系的四个人,根据那个不太明确的时间表,时间变

后　记

短了，这需求也变得越来越迫切。说完，他坐了一小会儿。所以，我是她能想到的最好的人选，现在我的职责就是倾听，记笔记，最终记下这些他告诉我并且我认为值得写下的事。

我准备好纸和笔，这期间他一直默默地等着我。我拿出手机打算录音，但他摇了摇头，所以我把手机又收起来了。他边整理思绪，边用手在我面前挥舞，好像在砍着空气一般。

"你以为的巴黎，"他开始说话了，"是过去的巴黎。在新巴黎，一切都变得不同。曾经有个新巴黎人在夜里往下看，在一堵被捣毁的城墙外，纳粹分子正在开枪。"

就这样，39个改变人生的离奇时刻开始了。事实上，用"离奇"这个形容词一点也没有夸张。

在他讲述的整个过程中，我毫无睡意，当我的脑子变得越来越模糊和不清晰时，就用薯片、巧克力、水和旅馆小冰箱里的酒来提神。这个人为我讲述了新巴黎最后的那些时光，也就是我在这本书里所讲述的故事。

他表述得非常简单和不完美：他并没有清楚地告诉我，他所讲述的这些是否仅仅只是一个故事，尽管他对这座城市本质的解说、城市的历史，以及关于新巴黎的街道和风景的描述听起来让人觉得无比生动。有时，他会略有些犹豫，把笔记本拿过去，通过画图来解释他说的那些，那些插图我到现在都还留着呢。虽说他不是画家，但有助于我理解他说的东西。这往往会唤起我的记忆，令我想到一些其他的意象、诗歌或段落，于是我就会把本子从他那拿过来自己画，问他："这样画对吗？看上去像这样吗？"有时过了很久，我会翻出我的笔记本，寻找能唤起我回忆的线索。在这本书里我尽可能精确地还原当时老人所描画的草图。

我们共处的时间里，他三次拿出一些自己的笔记本。那些本子看上去破旧不堪，历史久远，布满斑斑血迹和墨痕。他没让我细看，只给我看了部分章节和一些用法文写下的笔迹潦草的日期，并让我抄下他所记录的一些词组，甚至还有些草图（显然并不是他亲手所画）。

他显然是个很擅长说故事的人，但同时也说得有些混乱。我沉浸在故事里难以自拔。他虽然全神贯注地说着，毫不迟疑，但还是让人能感到他处于怕时间来不及的巨大压力中。他说得太快了，我的本子都被写得几乎要掉了。他把事情讲得乱七八糟，他转过身来补充自己意识到的漏掉的细节。有时他会推翻自己先前所说的，或者在历史推论和看似确定的内容之间反复推敲。他可能会突然转换话题，或者陷入关于新巴黎一些细节的沉思和解释中。除了那些特别吸引人的，他很少谈及和所述故事无关的内容。

关于新巴黎本身，除了那最令人痛苦的、梦幻般的特异

后　记

性外，他就没再说过别的什么。在他对 S 爆炸发生前的马赛城、艾尔贝尔别墅的描述中，他使用了完全不同的另一种表达。然后他又详细讲述了别人告诉他的一些事情，一些尚未完成、漏洞百出的调查结果。我只有尽职尽责地去做大量的研究，尽我所能地填补这些漏洞。

一开始，老人在讲述的过程中不容许我发问，但随着时间的推移，特别是当我被夜晚外面的汽车或者孤独行人突然发出的声音所吓到时（我们没有拉上窗帘），如果我举手提问，要求澄清一些问题，或是就他的描述提出更好的建议，或是质疑一些历史细节问题，他便会很有耐心地倾听，并就我提出的问题作出解答。我们往往谈上一个或者几个小时，就像是访谈附录一般，说完了才重新回到蒂博和姗姆穿越新巴黎废墟的主题上。

老人从来没有告诉我他的名字，我也没有问他。

他一直只用第三人称讲述蒂博，包括他给我看那张纸条的时候。尽管如此，我就越来越确定蒂博就是他。在这些笔记中，我一直在做这样的假设。虽然听起来很匪夷所思。因为如果我有所怀疑，确信他是蒂博，那么我是否应该相信他告诉我的真相呢？

这当然是荒谬的。但坐在那张廉价的椅子上，疲惫地听着来访者给我讲关于生死之战的故事，尽管伦敦深夜的车流

新巴黎的最后时光

在屋外叫嚣,不是那么回事看起来也越来越像那么回事了。我和一个从新巴黎逃出来的逃犯谈话,谈那些过去的抗争。

他怎么从那地方逃出来的?为什么来到这?我特别想问他。但我太懦弱了,或者太矜持了,总而言之,机会就这样溜走了。

对我而言,现在很难再重现那些故事,但我认为我所知道的只是其中的一个篇章。蒂博和姗姆的故事,艾尔贝尔别墅和新巴黎是如何形成的以及更多的部分和不确定的背景故事,都是一段漫长历史的序曲而已;他会给我讲更多的故事,讲述接下来几年发生的事情,也许还会讲述那个被艺术和恶魔玷污的世界里的其他地方的更多细节。

但是第二天,他变得越来越暴躁和心神不安,说话的速度越来越快。他急于讲述故事的结尾部分,不管怎样,该发生的还是发生了,新巴黎的最后时光。

当他终于结束了这一切——你可以明显地感到他终于解脱了——我站起来,终于释放了自己憋了很长时间后的第一泡尿。那时我不太确定,但现在我觉得自己好像记得在浴室听到门打开又关上的吱嘎声。

不管怎样,当我回到卧室时,那个男人以及他的书包、笔记本都不见了,留给我的是一页又一页我潦草写下的字迹,痛苦、不安和深深的困惑,还有一张旅馆的账单。

后　记

　　我再也没见过他。甚至连费用高昂的私人侦探都无法帮助我找到那位介绍我和老人见面的老熟人。我仅剩记下的笔记，还有显而易见是布置给我完成的任务。我花了很大的功夫，但终于试着做完了。

　　就像那些召唤我并确信我将会写下这些的人所希望的那样，我已经审慎地从老人匆忙叙述的故事的大量笔记中提取、分类，尽可能地组织好文字，写下这个故事。我通过自己所做的研究，已经填补其中的某些不足之处，有时甚至纠正了他的话。我很确定这是他希望我扮演的角色。

　　也许有些读者会认为我应当对别人告诉我的内容进行最简洁、最冷静的报道，甚至是逐字逐句的报道。对他们，我只能说我是一个虚构作家，联系我的那个女人和那个老人也是。或许他们只是在讲述事实，希望能有另一个人把它写出来；不过，或许他们也希望用虚构故事的方式演绎。用小说的语言，以传达叙事中那种紧迫感，这种紧迫感让故事变得生动。我把这个故事称为"中篇小说"，为了礼貌，也为我讲述的方式辩护。我不知道他们会不会同意。

　　我还附上了一节参考文献，在组织这篇文章的时候，甚至为了了解S大爆炸的威力，我还花了很长时间去搜寻那人描述的超能体的清单。当然，有很多是非常明显的，他自己就告诉了我很多，经常解释成"蒂博"本身就知道。大多数我都按照他的论述在小说里明确指出了它们的来处：其他的在下面的笔记里。还有一些他没有透露来源的超能体，在我们谈话的过程中，他还提到过许多具象化、有生气的超能体，其中一些是我认出来，或者后来查资料认出来的。所有一切我都记录在有关城市历史、恶魔学、人类学以及新巴黎百科全书草稿的长篇记录里了。它们没有出现在这里，因为在故事中它们仅仅起到辅助作用。

他那些未经证实的描述让我屏住呼吸，不知道战争和梦想破灭的城市是如何发展的。新巴黎的探险者可能会遇到只剩下一半的楼梯间，或者赤裸的新娘，艾米·布里奇沃特暗色线条的组合物、爱丽丝·拉洪夜间出没的猫。她的嘴巴和眼睛可能被蝴蝶挡住，被罗兰特·潘洛斯的长翅膀的多米诺骨牌袭击，她的凝视可能让一切融化。威廉·弗雷迪的木乃伊马头可能适合她，或者瑞秋·巴斯的波纹裙，或者塞格里曼长着女人腿的高脚凳。天鹅的脖子长在舞者的腿上，这是来自泰奇的超能体。她可能看到皮卡维亚层叠的人们在互相爬行，或看到艾琳·阿加尔的收割机拖着令人疲惫不堪的红色东西。牧师可能在她的沿途爬行，这是从谢尔曼·杜拉克的摄影中显形出来的。她可能面对丽丝·德拉姆穿着破衣服的年轻女孩，猎取来自沃尔斯艺术作品里的纤细的动物骨

后 记

头,捡起装满了肉类的树枝,在铺路板之间猛推。躲避来自李·米勒和曼·雷的黑暗光芒。

这一点,我希望是清晰的,新巴黎的街道就这么蜂拥而至。

在这篇文章中我提到的很多例子,我确信,我自己都认不出来。如果我没弄错的话,S大爆炸的结果是随机的,或者从未知的艺术家作品中显形的——我是指具有超现实主义风格的人。这些人我永远不知道是谁。在陈述中,肯定还有很多我完全没意识到的超能体,从我看到的作品中,我隐约感觉到它们应该存在,但我实在是无法回忆起来了。比我更懂艺术的人可能填补这方面的空白。

当然,超现实主义的文学作品太多了,除了一大堆复制品、几本超现实主义字典和百科全书、宣言、文本选集以外,我还发现了一些书本,对理解新巴黎、定义和识别那些超能体特别有用。包括迈克尔·劳维的《晨星》、富兰克林·罗斯莫特和罗宾·凯利编辑的《黑色、棕色和米色:非洲及海外的超现实主义作品集》、佩内洛普·罗斯蒙特编辑的《超现实主义女性:国际选本》、麦克·理查森和克日什托夫·菲贾科夫斯基编辑的《超现实主义反抗现实》,还有安妮·凡尔内和理查德·沃尔特编辑的《手的羽毛:被侵略时期超现实主义合集》。

只是这两位为什么想要把这段历史讲述出来，我不太清楚原因。不过我觉得可能存在一些关联，许多显形出现的超能体都来自我们世界里面S大爆炸的时间之后。这可能是它们和我们之间的联系——无论是否存在这么一段跳脱的历史，无论时间线上是否有这样的突发事件，是否有某种未知的力量，跨越了实体论某种坚不可摧的障碍，留下了某些值得追寻的线索——我不清楚。

旅馆之会后第三周，我在斯特普尼一家咖啡馆里思考自己所经历的一切。碰巧，我抬头看了看店面，一个男人站在店外，透过玻璃看着我。或者说，我认为他在看我，当然我也不能肯定。橱窗的架子上放着很多食物，一个苹果挡住了那人的脸。我能看到他站在外面，穿着外套，戴着帽子，一动不动。苹果遮住了他的眼睛、鼻子、嘴巴。不过，我想他是在盯着我看。

我吸了口气，他最终飞快地走了，走得太快，我没看清楚他的脸。

也许，对新巴黎的超能体的本质的一些理解，对它们的形成和能量源泉的探寻，对我们今后的生活也有帮助。

不管怎么说，有关新巴黎的故事，是我听来的，我没有任何理由让它雪藏。

柴纳·米耶维